Loretta Prinz

Die Übernatürlichen

Ein Mädchen Namens Carly

Alle Rechte der Verbreitung, auch durch Film, Funk und Fernsehen, fotomechanische Wiedergabe, Tonträger, elektronische Datenträger und auszugsweisen Nachdruck, sind vorbehalten.

Für den Inhalt und die Korrektur zeichnet der Autor verantwortlich.

© united p. c. Verlag

Gedruckt in der Europäischen Union auf umweltfreundlichem, chlor- und säurefrei gebleichtem Papier.

www.united-pc.eu

Inhaltsverzeichnis

-Vorwort

-Wer ist Carly
-Ein Fremder
-Der Psycho
-Begleiter
-Freundschaft
-Kinderaugen
-Stärke
-Weggefährten
-Lebensgeschichte
-Familien Zusammenkunft
-Ausbruch
-Mein Bruder
-Ein Glückliches Ende

-Nachwort

Vorwort

Die Frage ob es Hexen und Zauberer im Mittelalter gab, wurde nie klar beantwortet.
Doch, was ist wenn es diesen Merlin wirklich gab? Was ist, wenn er wirklich einen Schüler hatte? Was hat man ihm dann wohl beigebracht?
Ich werde euch heute von einem Mädchen berichten, welches als Hexe betitelt wurde.
„Es wird mal der Tag kommen an dem ich frei sein werde!"
Das sagte sich das junge Mädchen ständig, sie wollte es glauben, doch wird es wirklich irgendwann mal so sein?
Wir werden es erfahren! Hier und jetzt! Also schnappt euch was zu Essen, macht es euch gemütlich und viel Spaß beim Lesen:

Ein Mädchen Namens Carly!

Kapitel 1: Wer ist Carly?

Es war ein kühler Herbsttag, der Regen durchtränkte die Kleidung eines jungen Mannes, der grade von seiner Arbeit nach Hause wollte. Der Wind pfiff um seine Ohren und seine Wangen wurden von der Kälte ganz Rot, während die Nässe ihm die Beine hoch kroch. An einer Holzhütte angekommen öffnete er die klapprige Tür, welche quietschende Geräusche von sich gab.

Eine Frau kam ihm entgegen und begrüßte den Mann mit einem Kuss auf die Wange, sie hatte lumpige Kleidung an und einen dicken, runden Bauch.
„Liebster, wie war dein Heutiger Tag?", fragte die schwangere Frau.
„Angenehm, nur der Schauer war störend", erwiderte der Mann und ließ sich die Jacke abnehmen.
Bald sollte es soweit sein, bald würde das Leben, in ihrem Bauch, auf die Welt kommen.
Das junge Paar, freute sich schon auf das neue Leben, ein Leben dass sie selbst erschaffen haben!
Der Mann, dessen Name Noah war, arbeitete am Königshof und war
damit sehr angesehen. Alle im Dorf wussten dass, seine Frau, Walburga, bald ein Kind bekommen würde.
Zwei Monde später war es soweit, Walburga lag mit Wehen auf der kleinen Pritsche und kämpfte mit den Schmerzen.
Ihr Mann Noah, war steht's an ihrer Seite und hielt ihre Hand.
Die Atmung, der jungen Frau, wurde schneller und sie fing an zu pressen.

Man konnte schon das kleine Köpfchen sehen, welches sich den Weg, aus der Frau heraus bahnte.

Als es dann endlich vollbracht war, hielt die junge Frau, ihr Kind auf den Armen, es war ein Mädchen und es sollte den Namen Carly tragen.
Das Baby öffnete die Augen und beide Elternteile waren schockiert, die Frau fing an zu weinen: „Ein Monster!", rief Noah aus lauter Verzweiflung.
Carly hatte keine blauen Augen wie ihre Mutter oder braune Augen wie ihr Vater, Nein! Sie hatte feuerrote Augen, welche förmlich glühten.

Die Eltern waren verzweifelt, so ein Monster können sie nicht großziehen! Was würden die Leute im Dorf bloß denken wenn sie dies sehen würden?
Nein, dieses Risiko durften sie nicht eingehen, es würde zu viel daran hängen!
Sie könnten zum Gespött des ganzen Dorfes werden! Das dürfte nicht passieren.
Also hieß es, dass Carly, im Keller des Hauses großgezogen werden müsste. Der Keller war kalt und modrig, doch für ein sogenanntes Monster ausreichend.
Carly schrie die ersten Nächte durch, sie hatte Hunger und wollte zu ihrer Mutter, doch diese schämte sich für ihre Tochter. Carly war vielleicht gerade mal ein Baby und trotzdem brachte sie, den jungen Eltern, viele Probleme.

Noah hatte beschlossen Carly zu verkaufen, ein paar Dörfer weiter, waren Wohlhabende Männer, welche viel Geld für eine Sklavin zahlen würden. Nur leider würde Carly, als Baby, nichts bringen, also müsste er noch warten, bis das Monster alt genug war.

Walburga musste zweimal am Tag in den Keller, dort wo das Baby mit den roten Augen war und es füttern. Ihr selbst gefiel dieser Gedanke gar nicht!
Sie hätte ihre Tochter wahrscheinlich eigenhändig getötet, doch Noah sagte ihr, dass Carly viel Geld einbringen könnte, mit einem Verkauf.
Also durfte das Monster weiter Leben, aber kann man es leben nennen? Ständig in einem dunklen, modrigen Keller wo zweimal am Tag Licht reinkommt. Wahrscheinlich eher weniger.
Doch so lebte das junge Mädchen, die ersten 8 Jahre. Auch wenn sie ständig weinte und sich fragte warum sie immer alleine war, blieben ihre Eltern hart.
So lernte Carly dass sie es verdient hatte allein zu sein, dass sie es verdient hatte im dunklen zu leben, in ständiger Kälte und Trauer!
Doch kurz vor dem neuntem Winter kamen Noah und Walburga zusammen in den Keller.

„Mitkommen!", sprach Noah monoton. Carly nickte und folgte ihren Eltern die Kellertreppe rauf. Innerlich konnte sie es kaum abwarten mal das Licht zu erblicken, welches sie jedes Mal kurz erblickte wenn ihre Mutter in den Keller kam.
Doch Carly hatte nicht viel Zeit sich etwas anzuschauen, ihre Mutter band ihr ein Tuch um den Kopf, welches die Rubinroten Harre von Carly verdeckten.
„Wir sollten lieber einen Jutesack nehmen", beschwerte sich Walburga, man merkte dass sie ihre Tochter verachtete und das, obwohl Carly nie etwas getan hat. Es war nur ihr Aussehen.
Noah beschwichtigte seine Frau und nun wurde Carly einfach mitgezogen. Es war fast ein kompletter Tagesmarsch, den die Familie da auf sich nahm.

Als sie dann in dem Dorf ankamen war der Markt schon komplett voll.
Also hieß es ran halten!
Noah baute den Stand mit den Lebensmitteln auf und daneben Carly. Sie hatte ein Schild um den Hals auf dem Stand:
Sklavin zu verkaufen (Verhandlungsbasis)

Carly wusste nur teilweise was dort drauf stand. Sie hatte nie wirklich lesen gelernt, nur das, was sie aus einem der Bücher im Keller hatte.
Es kamen viele Menschen vorbei die, die Waren kauften doch sobald es um Carly ging schwiegen die Kunden oder rannten sogar weg. Carly verstand nicht warum die Menschen so auf sie reagierten.
Jedoch wirkten Zwei Männer, von den vielen anderen Kunden, doch sehr interessiert an dem jungen Mädchen.
„Wie viel verlangen Sie?", fragte der eine Mann mit dem Schwarzen Gewand.
„250 Goldmünzen!", erwiderte Noah in einem Ton der keinen Widerspruch zuließ.

„200 Goldmünzen", versuchte der Mann in dem Schwarzen Gewand zu verhandeln und eigentlich wollte Noah noch ein Angebot entgegenbringen. Doch der andere Mann, welcher offenbar großes Interesse hatte, quatschte dazwischen: „Ich biete 300 Goldmünzen wenn ich sie sofort mitnehmen kann."
Noah schluckte, er wollte eigentlich allerhöchstens 250 für seine Tochter, doch 300 Goldmünzen, das Angebot musste er annehmen!
„Verkauft für 300 Goldmünzen!", rief Noah aus. Der Typ, welcher dieses Angebot machte, lächelte Geheimnisvoll und ging dann auf das Mädchen zu.

„Dad? Mum?", fragte Carly verwirrt und verängstigt zugleich.
„Sie sind die Eltern?", wollte der Mann wissen, der das Mädchen gerade gekauft hatte. Doch Noah verneinte dies: „Wir haben es nur großgezogen. Es wurde uns zugeschoben."

Das was er sagte, brach Carly das Herz! Wie konnte ihr eigener Vater nur so über sie sprechen?
Der Käufer nahm Carly das Schild ab und legte eine eiserne Kette um ihren Hals. Die Kette war kalt und schwer, doch so konnte, Carly, auch nicht abhauen.
Der Mann schleppte sie über den ganzen Marktplatz, kaufte hier und da ein paar Kleinigkeiten aber nach 2 Stunden ging er nach Hause.
Der Weg dorthin ging durch einen tiefen Wald, dort stand, eine große Hütte aus Holz, mit einem Dach aus Stroh. Es war ein sehr schönes Anwesen, vielleicht wird es hier besser für Carly.
Der man betrat die Hütte und rief: „Valentin, Marek ich bin zuhause!"
Zwei Jungs kamen angelaufen, der eine ungefähr in Carly's alter, der andere etwas älter.
„Vater, wen hast du dort mitgebracht?", wollte der Ältere wissen.
Der Mann lachte: „Das Valentin, ist unsere Sklavin! Ich habe sie heute erworben, auf dem Markt."

Der Ältere, dessen Namen Valentin war, nickte nur. Dann wird der jüngere wohl Marek sein, nahm Carly an. Wie der Name von dem Käufer ist wusste sie immer noch nicht. Aber den würde sie wohl bald erfahren.
Valentin hatte schwarze kurze Harre, sein Bruder hingen hatte helle braune Haare, doch Beide hatten Grüne Augen, wie der Vater selbst.

„Also", wendete er sich nun an Carly. „Ich bin Herald und wenn du dir erhoffst, irgendwelche Besonderheiten zu bekommen kannst du das direkt wieder vergessen! Du wirst meinen Söhnen dienen und dich um den Haushalt kümmern."
Carly zuckte leicht zusammen bei dem schroffen Ton, doch nickte zustimmend. Herald nahm ihr das Kopftuch ab und nun zuckte auch er zusammen: „Jetzt weiß ich, warum deine Eltern dich verkauft habe. Du bist ein Monster, eine Hexe!"
Carly verstand nichts mehr. Eine Hexe? Wie ist das denn überhaupt möglich? Sie dachte immer dass ihre roten Haare normal wären.
Marek stellte sich neben Carly: „Kannst du auch zaubern?" Doch die rothaarige verneinte seine Frage.
„Wie ist überhaupt dein Name oder waren sich selbst dafür deine Eltern zu schade?", wollte Herald nun wissen. Er hatte keine Lust sich jetzt auch noch Gedanken um einen Namen zu machen.
Carly beugte sich leicht nach vorne, als Zeichen ihrer Demut: „Mein Name ist Carly, Meister Herald."

Herald nickte: „Gut, da wir das geklärt hätten: schrubbe die Böden, wasch die Wäsche und danach darfst du dich auf den Teppich, vor den Kamin legen."
Carly nickte: „Sehr wohl mein Herr."
Das werden wohl ihre Aufgaben sein: Sauber machen und dann schlafen. Aber zumindest musste Carly nicht mehr in einem Keller nächtigen. Also war sie dankbar dafür.
Was der Junge wohl meinte mit Zaubern? Carly kannte das Wort nicht. Vielleicht kann sie es ja wirklich!
Das müsste, das junge Mädchen wohl selbst herausfinden, aber aufgeben kam nicht in Frage! Carly

hatte eine starke Persönlichkeit, auch wenn man dies nicht vermuten mag.

Sie würde sich zwar an dir Regeln anpassen müssen, die Meister Herald für sie hatte, aber das ist, das geringste Problem.

Es hätte sie schlimmer treffen können, man kann nie wissen, wo man hinkommt, hier hatte Carly wenigstens eine Aufgabe und versauert nicht nur in einem modrigen alten Keller.

Carly schrubbte die Böden, sie ging zum Fluss und wusch die Wäsche, von den drei Männern. Dabei drängte sich eine Frage in ihren Kopf.

Hatten sie keine Frau? Wo war die Mutter der beiden Jungs, die Frau von Meister Herald?

Sie kam leider auf keine Antwort, außer den Tod. Ob er deswegen eine Sklavin wollte?

Carly verdrängte ihre Gedanken, in der Hinsicht und machte ihre Arbeit fertig. Danach legte sie sich auf den Bärenfell-Teppich vor dem Kamin und versuchte zu schlafen.

Kapitel 2: Ein Fremder

Es sind drei weitere Winter vergangen und Carly merkte dass etwas in ihr brodelte, etwas heißes, das sich den Weg, Stück für Stück, in die Freiheit bahnte.

***

Marek nutzte es richtig aus dass er nun eine Sklavin hatte. Jedes zweite Wort war Carly. Valentin machte zwar zwischendurch auch gebrauch davon aber nicht ansatzweise so oft wie sein Bruder.

Carly kümmerte sich sonst um den Haushalt und seid vier Monden, sogar um die Finanzen von Meister Herald.
Doch auch wenn Carly viel machte und fast immer ohne Fehler wurde sie doch des öfteren geschlagen. Aber das junge Mädchen wehrte sich nicht, sie gab sich dem hin. Immer wieder bereute sie ihre Schwäche, jedoch kam aufgeben, ihr nicht in den Sinn, immer weiter machen, redete sie sich ein.

Wenn Carly mit Marek, Valentin oder Meister Herald zum Markt ging hatten alle Dorfbewohner Angst vor ihr und wichen zurück! Jeder hatte Angst vor der Familie. Niemand legt sich mit ihnen an und das gefiel Meister Herald. Deswegen nahm er Carly überall mit hin und auch seine Söhne musste Carly immer begleiten.
Jeder der die Roten Haare von Carly sah, bekam es mit der Angst zu tun, doch wenn man ihre Augen erblickte, reichte der Ausdruck Angst nicht mehr, Panik würde eher passen!

Jeder war der Meinung sie war die Ausgeburt der Hölle, die Tochter des Teufels!

Dabei war Carly ein bildhübsches Mädchen und je älter sie wurde desdo hübscher wurde sie.
Inzwischen war sie schon vierzehn Jahre alt und jedes Mädchen im Dorf beneidete sie um ihr Aussehen!

Auch ihre, sagen wir mal, Adoptivbrüder waren der Meinung, dass Carly bildschön war. Niemand konnte es abstreiten dass sie das schönste Wesen war, welches auf Erden wandelte.

***

„Carly wir gehen in die Stadt", verkündete Valentin und das junge Mädchen nickte.
Valentin ging vor, während Carly brav folgte.

Als die Beiden in die Königs Stadt gingen, die den Namen nur trug, weil das Schloss des Königs, hier war, wurden die Beiden schon von fielen Blicken verfolgt.
Dass Valentin ausgerechnet zum Schloss wollte konnte ja keiner ahnen. Er wollte an jenem Ort ein paar Dinge erledigen und hatte keine Lust alleine dort hinzugehen.
Carly selbst war noch nie am Hof gewesen. Sie hielt sich steht's an ihre Brüder oder Meister Herald.
Sonst ging es ja eher zum Markt oder zu Freunden, der Familie, aber noch nie zum Hofe.
Am Hof des Schlosses angekommen, machte man ihnen den Weg frei. Niemand wollte sich mit der Rothaarigen anlegen, sie könnte ja sonst etwas mit einem anstellen.

„Hexe."

„Monster", hörte man zwischendurch die Menschen flüstern, doch Carly ließ sich davon nicht beeindrucken.

Valentin hingegen gefiel es gar nicht, besonders da sie dies hinter ihrem Rücken taten. Er sagt jedem ins Gesicht, wie er über die bestimmten Personen dachte und verlangt dies, somit auch von anderen: „Wenn Ihr, etwas zusagen habt dann sprecht uns direkt an!"
Carly war überrascht über den Schutz den Valentin ihr in dem Moment gab. Niemals hätte sie es sich zu träumen gewagt dass er sie in Schutz nimmt.
„Wer kommt hier mit einer Hexe an?!", gab einer der vielen Menschen zurück. Carly kam der Mann sehr bekannt vor, könnte es ihr Vater sein?
„Ich! Und wo ist jetzt genau das Problem?", Valentin wurde wütend.

Der Mann der Carly so bekannt vorkam wollte gerade wieder etwas sagen, doch ein älterer Mann mischte sich ein: „Wenn die junge Dame eine Hexe sein sollte, kann sie sich Respekt verschaffen, welchen man auf ernst nehmen sollte, denn sie könnte jeden mit einem Gedanken töten! Junger Mann passen Sie gut auf die Rothaarige auf."

„Sehr wohl mein Herr!", gab Valentin zurück und ging dann mit Carly weiter seines Weges. Carly blickte ihn verwundert an, hat er gerade zugestimmt auf sie aufzupassen?

„Valentin, warum hast du mich verteidigt?", stellte sie dann die Frage die sie beschäftigt.

Valentin lachte leicht: „Du bist für mich wie eine Schwester! Und ich beschütze meine Familie." Carly lächelte glücklich in sich hinein, Familie! So etwas hatte noch nie jemand zu ihr gesagt.

Carly flüsterte noch ein kleines: „Danke." und schon waren sie an ihrem Ziel. Es war einer der Ritter, den Valentin besuchen wollte, offenbar waren sie befreundet.
Er hatte blondes Haar und war schlank gebaut. Seine Augen waren dunkelblau und strahlten Freude aus.
Das Gespräch der beiden Männer war verwirrend, es ging um den Prinzen des Schlosses, er soll sich komisch benehmen. Was genau sie damit meinten wusste Carly nicht, aber sie hörte da auch nicht so genau hin.

„Deine Hexe ist aber echt hübsch! Dachte immer dass die so hässlich sind", meinte der Ritter mit den blonden Haaren.
Valentin schaute ihn mit einem Todes-Blick an: „Ihr Name ist Carly", versuchte er dennoch freundlich zusagen, aber es klang eher wie eine Drohung. Der Ritter lächelte freundlich: „Schöner Name, Carly!"
„Danke!", lächelte Carly schüchtern.
„Mein Name ist, Nils!", sprach er weiter mit einem Lächeln. Soll das heißen, es gibt noch andere die sie nicht verachten?
„Nils ist ein Freund von mir, der glücklicherweise am Hof arbeiten durfte als seine Eltern nach dem Krieg starben", erklärte Valentin endlich, wer sein Freund war.

„Und wie habt ihr euch kennengelernt?", wollte Carly zusätzlich wissen. Valentin lächelte etwas traurig und Antwortete dann: „Meine Eltern waren auch im Krieg!

Marek war zwei und ich vier da kam mein Vater endlich wieder zurück aber ohne meine Mutter. Sie hat dort ihr Leben gegeben, um meinen Vater zu retten."
Carly schaute Valentin entschuldigen an: „Das tut mir so leid", sagte sie.
Valentin nickte nur aber lächelte dann wieder ehrlich. Damit wäre so einiges geklärt, doch eine Frage stand für Nils noch im Raum: „Wie kam es eigentlich dass du zu den Drein gezogen bist?"
Valentin schaute Carly an und wollte gerade sagen dass er es ihm später erklären würde, doch die Rothaarige fing an zu erklären: „Meine Eltern habe mich immer gehasst, weil ich so anders aussah, deshalb haben sie mich als Sklavin an Meister Herald verkauft."

Nils schaute sie schockiert an: „Wie kann man dich bitte hassen?! Du bist so nett und dazu auch noch so zuvorkommend!"
Valentin blickte seinen Freund dankbar an.
Er weiß dass Carly dies meistens selbst nicht so sieht, doch sie ist etwas ganz besonders! Trotzdem hat sie in den Augen von Meister Herald den Sklavin-Status.

Nils nickte Valentin zu als wüsste er durch diesen einen Blick direkt alles was in seinem Kopf vorging.
Die Beiden verabschiedeten sich nach ein paar weiteren Gesprächen von dem jungen Ritter und gingen wieder nachhause.
Carly folgte Valentin weiter, mit in sein Zimmer und suchte das Gespräch mit ihm: „Ich wollte mich bei dir bedanken. Du hast dich heute für mich stark gemacht, dafür bin ich dir unendlich dankbar."

„Wie ich schon sagte, für meine Familie, würde ich alles tun", lächelte Valentin zurück. Carly ging auf ihn zu und

nahm ihn einfach in den Arm. Valentin platzierte seinen Kopf auf ihren und legte seine Arme um sie. Irgendwie fühlte sie sich sicher in seinen Armen, ist das, das Gefühl von Geborgenheit. Familie! Dieses Wort sprang ihr immer wieder ins Gedächtnis und immer wieder musste sie dabei lächeln.
„Ich bin immer für dich da", nuschelte Valentin in ihre roten Haare. Carly lächelte ein kleines: „Danke",

***

Zwei Monde sind wieder vergangen. Carly war dabei den Boden zu schrubben als es an der Tür klopfte. Meister Herald öffnete dem Gast selbstverständlich die Tür, doch das Anliegen des Mannes, der dort stand, gefiel ihm gar nicht.

„DAS WIRD ES NICHT GEBEN!", brüllte Herald. Was war dort wohl los? Carly wollte es unbedingt wissen, doch sie musste erst ihre Arbeit beenden, sonst würde es wieder ein Donnerwetter geben.
„Ich zahle das Geld was sie damals bezahlt haben", die stimmen näherten sich. „Und woher wollen Sie wissen wie viel das war."
Der Fremde lachte: „Ich weiß so einiges! Es waren 300 Goldmünzen!" Meister Herald war sehr erstaunt, vielleicht aber hatte der Fremde die Verhandlungen auch nur mitbekommen, weil er selbst auch auf dem Markt war.

„Und was genau denken Sie zu machen, wenn Sie, sie haben?", wollte Herald dann wissen.
„Ich will sie lehren ihre Kräfte zu nutzen!", erklärte der Fremde.

Kräfte? Carly dachte sie hätte sich verhört doch es war die Wahrheit! Ist das vielleicht dieses Gefühl, was sich den weg, in die Freiheit bahnen will.

„Sie müssen ihr die Chance geben, ihr komplettes Potential auszuschöpfen! Wenn sich ihre Kräfte irgendwann selbstständig machen sollten können Sie in großer Gefahr sein!" erklärte der Fremde weiter.
Die beiden Männer kamen nun endlich in den Raum, in dem Carly sauber machte. Sie kannte den Mann! Es war der, der gesagt hatte das man eine Hexe mit Respekt behandeln sollte.
Als der Fremde, Carly auf dem Boden sah, wie sie diesen mühsam schrubbte sagte er: „Und dafür sollten ihre Kräfte nicht verschwendet werden."

Valentin kam mit dazu: „Hallo mein Herr, ich hatte nicht damit gerechnet Sie wiederzusehen."
Herald war außer sich: „Du kennst ihn?", er hob seine Hand und wollte gerade zu schlagen, doch Carly stellte sich dazwischen: „Bitte Meister Herald! Valentin und ich sind auf ihn getroffen als wir in der Stadt waren, mehr war dort nicht."
Herald schaute Carly vernichtend an und blickte dann wieder zu seinem Sohn: „Ist das die Wahrheit?"
Valentin nickte und blickte daraufhin dankend zu Carly.
Nun meldete sich wieder der Fremde zu Wort: „Um Ihre Frage zu beantworten, Ich bin hier um der jungen Hexe beizubringen ihre Kräfte zu nutzen! Dafür müsste ich sie mitnehmen, aber als Entlohnung biete ich den damaligen Kaufpreis."

Valentin stellte sich schützend vor Carly: „Und wie wollen Sie beweisen, dass Sie wirklich nur das von Carly wollen?" Herald schaute seinen Sohn kritisch an, er verteidigt gerade eine Sklavin, eine Hexe! Ein verdammtes Monster!

„Weil er ein Hexenmeister ist!", ertönte die Stimme von Marek der gerade dazu kam. „Das ist korrekt mein Junge!", lächelte der Fremde.

Herald knirschte mit den Zähnen: „Ich gebe doch keinen dahergelaufene Halunken meine Sklavin, der ihr irgendwelche Tricks beibringt!" Nun war es Valentin der seinen Vater wütend ansah, wie konnte er nur so über Carly sprechen? Sie ist ein Teil der Familie!

„Wundert euch keines Falls wenn ihre Kräfte die Überhand gewinnen! Sie wird Ihnen vielleicht nicht absichtlich etwas tun, doch seid gewarnt, ihre Kräfte lassen sich gerne mal von Gefühlen leiten!", sprach der Fremde, doch auch danach blieb Herald Hart.

„Verschwindet aus meinem Haus!", rief er ihm zu und der Fremde ging zu Tür, sagte aber noch: „Carly, wenn du Hilfe brauchst, mit deinen Fähigkeiten ruf einfach Krabat!", dann ging er.

Herald holte aus und schlug Carly ins Gesicht: „Du stellst nie wieder meine Autorität in Frage!", danach verschwand er nach Draußen.

Valentin hockte sich zu Carly und wischte ihr das Blut aus ihrem Gesicht: „Das tut mir so leid", nuschelte er vor sich hin.

Die rothaarige lächelte leicht und erwiderte: „Es ist nicht deine Schuld. Er macht es bei jeder ihm möglichen Gelegenheit."

Valentin war geschockt: „Das passiert öfters?", er hatte keine Ahnung was sein Vater alles machte wenn seine Söhne nicht da sind.

Marek kam mit einem nassen Tuch und entfernte das komplette Blut: „Geht es dir besser?", fragte er

besorgt. Carly nickte nur, obwohl die Frage von Marek eigentlich schon selbst beantwortend ist, schließlich hat sie eine blutende Nase.
„Tut mir leid! Das was mein Vater getan hat, ist nicht richtig!" Valentin hob Carly hoch und trug sie zu sich ins Zimmer. Dort legte er sie in sein Bett und kümmerte sich um sie.
Valentin konnte und wollte das nicht hinnehmen! Für ihn war Familie das wichtigste und Carly steht neben Marek an erster Stelle.

„Valentin? Was möchtest du jetzt machen?", fragte Marek seinen großen Bruder. Valentin lies sich auf das Bett seines Bruders fallen: „Ich habe keine Ahnung, aber Vater wird irgendwann dafür bezahlen!"
Marek schaute seinen Bruder ängstlich an: „Bitte mach nichts dummes!", flehte der jüngere schon fast.
Valentin fuhr sein Temperament runter: „Ich würde nie etwas tun was dir zum Nachteil kommen könnte."
Marek fiel seinem Bruder in die Arme: „Ich weiß du willst uns nur beschützen und trotzdem hab ich Angst das du irgendwas dummes tun könntest." Valentin lächelte und ließ seinen Bruder in seinen Armen einschlafen. Er überlegte die ganze Nacht, wie er es seinem Vater, bereuen lassen kann, doch ihm fiel keine Möglichkeit ein!
Noch ist er zu schwach, aber irgendwann wird die Zeit soweit sein! Niemand verletzt seine Familie!
Wäre es vielleicht doch besser wenn Carly mit dem Hexenmeister mitgegangen wäre? Dann hätte Herald sie jedenfalls nicht geschlagen.

Kapitel 3: Der Psycho

Carly versuchte das in ihrem Innern in sich einzusperren, doch wie man so schön sagt: „Die Augen sind das Fenster der Seele!" Ihre Augen glühten mehrmals auf und man konnte förmlich Flammen drin sehen. Carly merkte nur dass etwas von dieser Kraft aus ihr entwich aber Valentin hatte direkt in dieses Feuer gesehen, das in ihren Augen auftauchte.

***

Es war wieder einer dieser Tage, Carly hatte in den Augen von Meister Herald etwas Falsche gemacht. Doch dieses Mal sollte es nicht nur ein harter Schlag werden. Erst schlug er Carly zu Boden und trat zusätzlich auf sie ein. Herald zog Carly an den Haaren hoch und donnerte ihr Gesicht wieder zu Boden. Das Blut lief aus ihrer Nase und die warme Flüssigkeit lief über ihr ganzes Gesicht. Der Schmerz breitete sich in ihrem kompletten Körper aus und verwandelte sich in rasende Wut.
Herald lies Carly auf dem Boden liegen und ging einfach.

Carly schaute ihn vernichtend hinterher und wollte gerade aufstehen, doch sie fiel wieder in sich zusammen. Valentin kam wieder nachhause und sah Carly dort auf dem Boden. Er ging natürlich sofort zu ihr und half der verletzen Frau hoch. „Carly?", fragte er besorgt und versuchte das Blut mit seinen Händen aus ihrem Gesicht zu entfernen. Doch als Carly ihre Augen komplett öffnete und Valentin ansah, wich dieser zurück.

In ihren Augen sah er das Feuer der Wut und in dem Fall ist Feuer keine Metapher, sondern die harte Realität! Valentin hatte das erste Mal Angst vor seiner Schwester, er versuchte sich zwar nichts anmerken zu lassen doch Carly konnte es sehen: „Hast du etwa Angst vor mir?" Valentin war komplett gefesselt an ihre Augen und brachte kein Wort über seine Lippen, das Einzige was er tat war Carly in seine Arme zu ziehen.

Als Valentin seine Stimme wieder fand, fragte er sie: „Hat ER dir das angetan?" Carly nickte nur und versuchte sich selbst zu beruhigen. Doch ihre Augen glühten weiter, denn man kann vielleicht ein Lächeln aufsetze, aber das Innere kann man nicht einfach so verändern. Valentin wollte aber auch wissen was gerade mit ihr los war: „Seit wann kannst du das? Seit wann brennen deine Augen?" Carly schaute ihn unterwürfig an: „Das ist die Kraft von der, der Hexenmeister gesprochen hat! Ich habe sie immer gespürt", beichtete sie. Valentin schaute sie mitleidig an, niemals hätte er gedacht das sie so etwas in sich trägt. Er will ihre helfen, doch er selbst hat keine Ahnung wie. Valentin hob Carly hoch: „Ich versuche dich zu beschützen." flüsterte er ihr zu.

Carly lehnte ihren Kopf an seine Brust, bei ihm ist sie Sicher das weiß sie. Doch immer wieder dachte sie an den Hexenmeister, sie wollte zu ihm um zu lernen! Carly hat das Gefühl ihre Kräfte werden immer stärker, unkontrollierbar! Was ist wenn sie Valentin oder Marek verletzt? Das würde Carly sich nie verzeihen. Sie dachte öfters an den Hexenmeister Krabat, vielleicht sollte sie es versuchen! Eine geringe Chance wäre da. Doch wenn man sie als entflohene Sklavin enttarnt, wird sie getötet. Wie könnte dieses junge Wesen denn nur entfliehen? Die Frage konnte sie sich in den Moment nicht länger stellen da Meister Herald wieder zurück kam.

Valentin stellte sich vor die junge Hexe um zu signalisieren dass so etwas wie eben nicht mehr passieren würde! Doch Meister Herald war überhaupt nicht davon begeistert von dem was sein Sohn dort treibt. Hat die Hexe ihn wohl verzaubert! „Valentin! Raus!", Herald's Stimme ließ keinen Widerspruch gelten auch wenn Valentin es versuchen wollte. Carly stand auf und stellte sich vor Valentin: „Ich glaube wir müssen reden", sie zog ihre Braue nach oben. Herald hob drohend seinen Finger: „Pass ja auf!" Carly lachte freudlos auf: „Ich würde deine wertschätzende Autorität nie in Fragestellen", ob Carly sich sicher war was sie da sagte, wusste sie nicht. Das Einzige was sie wusste war, dass sie nie wieder wie ein Mensch zweiter Klasse behandelt werden wollte.

Valentin wollte sich gerade einschalten: „Carly, ich bin mir nicht sicher ob das so eine.." Jedoch wurde er von Seinem Vater unterbrochen: „Halt du dich da raus! Und verschwinden endlich oder willst du meine Autorität als Mann im Haus auch infrage stellen?", fragte er angesäuert. Valentin blickte seinen Vater ängstlich an, er wusste nicht was er dazu sagen sollte, er hatte keine Ahnung wie er Carly dort jetzt rausholen könnte. Doch ihr Blick verriet dass sie das gerade gar nicht will, sie war nun fest entschlossen sich gegen diese Erniedrigung zu wehren! „RAUS!", brüllte Herald seinen Sohn nun aggressiv an und wollte gerade mit seiner Hand ausholen um seinem Sohn Respekt beizubringen, doch Carly fing die Hand ab. „Valentin verschwinde! Wie du siehst habe ich grade andere Probleme, als mich mit meinem anstrengenden Sohn zu beschäftigen!", brüllte Herald noch schärfer als zuvor. „Geh!", sagte nun auch Carly ernst. Valentin blickte beide entgeistert an, wie will Carly das denn jetzt bitter alleine klären? Doch Valentin tat was man ihm sagt, er verschwand zwar nur hinter der nächsten Tür damit er alles mitbekam, aber damit war er aus der Schusslinie. Herald zog scharf die Luft ein: „Was fällt dir wertloses, Etwas eigentlich ein?!" brüllte er und holte ordentlich aus um Carly zu schlagen, doch diese wehrte seine Hand ab. „Fass. Mich. Nicht. An", Carly schaute ihm tief in die Augen und tötete ihn fast mit ihren Blicken. „Wie war das?!", fauchte er feindselig und wollte Carly an den Schultern packen um sie durchzuschütteln.

Carly's Hand fing an zu brennen und damit wehrte sie den Griff ab. Herald schaute sie ungläubig an als ihn dieser unerträgliche, brennende Schmerz durchfuhr. „Das hätte ich schon vor Ewigkeiten tun sollen", murmelte Carly zufrieden. Das war also diese Kraft die sich den Weg in die Freiheit bahnen wollte. Herald sagte nichts mehr, er war zu überwältigt über das, was die Hexe ihm gerade angetan hatte, nicht nur das sie seine Autorität in frage gestellt hatte! Sie hat ihre Strafen blockiert, hat sich in die Erziehung seines Sohnes eingemischt und nun verletzt sie ihn, obwohl er ja so viel für sie getan hat. Valentin der das mit ansah, wusste selbst nicht so richtig was er sagen soll, er hatte Carly noch nie so erlebt! Das ist ihre Kraft! Die rote Kraft die seid ihrer Geburt nur darauf wartete ans Licht zu kommen. Doch würde das jetzt wirklich ein besseres Leben in Freiheit bedeuten, nur weil Carly sich jetzt gegen die Scherereien von Meister Herald wehrt? Die junge Hexe selbst war davon überzeugt!

***

Die nächsten Tage verstrichen, Carly musste die Nächte im Keller verbringen da ihr Meister der Auffassung war das würde sie lehren Respekt vor ihm zu haben. Doch Carly lachte nur darüber, sie hatte die ersten Jahre ihres Lebens, nur in einem dunklen, modrigen Keller gelebt und ist bestens vorbereitet, ihre leuchtend roten Augen halfen ihr in der Dunkelheit zu sehen. „Bald.. Bald bin ich Frei", murmelte sie in die Dunkelheit. Carly war sich bei ihrer Aussage so sicher wie noch nie! Herald kam in den Keller, sein Arm in einem Seidentuch gewickelt, offensichtlich haben ihm die Verbrennung von Carly doch zugesetzt, was dieser ein schmunzeln ins Gesicht zauberte. „Hast du endlich gelernt Respekt vor dem Mann im Haus zu haben?!", fragte Herald sie im strengen Ton, doch Carly lachte nur.
„Ich wüsste nicht was du noch zu Lachen hast?", presste Herald wütend zwischen seinen Zähnen hervor. Carly sagte ihm feindselig: „Da haben wir ja was gemeinsam, ich wüsste nämlich nicht warum ich einem Mann Respekt erweisen soll, der mir nicht den gleichen Respekt erweist nur weil er ein Mann ist und sich was darauf einbildet." „Weil du ein Monster bist und ich dich nur aus gutem Willen beim mir Leben lasse! Ich habe dir alles ermöglicht und das ist der Dank, so habe ich dich ganz sicher nicht erzogen!", gab er zynisch zurück, er wollte sich nun als Opfer darstellen. Doch Carly ließ sich davon nicht beirren: „Genau ohne irgendwelche Hintergedanken. Aus reinem Herzen hast du dich dazu entschieden. Dürfte ich so frei sein und dich an deine Worte erinnern: Du bist nur eine dreckige Sklavin!", fauchte die junge Hexe. Herald sah Carly

vernichtend an, packte sie am Arm und schleifte sie die Treppen nach oben. Er wollte der ungezogenen Göre Respekt einflößen, wenn nicht auf die weiche Tour dann eben auf die Harte!

„Das würde ich an deiner Stelle nicht tun", grinste Carly ihm frech entgegen. Marek der, das mit ansah, konnte nicht glauben wie Carly gerade mit seinem Vater sprach, sie muss doch am besten wissen wie er sein kann wenn er wütend ist.
„Ach Ja? An deiner Stelle würde ich mal mein Vorlautes Mundwerk halten.
So eine Frechheit ist mir im Leben ja nicht unter die Augen getreten", seine Stimme wurde mit jedem Wort schärfer und man merkte dass die Wut in ihm hochstieg. Carly antwortete ganz entspannt: „Ach, ich mach mir da keine Sorgen."
Diese Antwort machte Herald nur noch wütender doch Carly blieb genauso entspannt. Kann sie sich denn nicht vorstellen in welcher Lage sie sich befand? Ist ihr der Schlag auf den Kopf den nicht gut bekommen? „Dir wird das Lachen gleich noch vergehen", fauchte Herald bedrohlich und freute sich schon auf die eingeschüchterte Hexe, die sich ihm fügen würde, doch Carly hatte da anderer Pläne, die Dorfbewohner wollen ein Monster also bekommen sie auch Eines!

Sie riss sich aus dem Griff und schlug um sich: „Ich sagte bereits: Fass. Mich. Nicht. An." Nun stand Carly vor ihm und starrte ihm drohend in die Augen. Normalerweise würde Meister Herald ihr für jedes Fehlverhalten eine Ohrfeige verpassen, doch er war verwundert darüber dass es eine Person gab die ihm kein Respekt erweist, weshalb er nicht in der Lage war richtig zu reagieren. Valentin stellte sich zwischen

Sie und seinen Vater: „Carly hör bitte damit auf! Das bist nicht du!" Doch Carly schob Valentin beiseite: „Ich werde mich nicht weiter so behandeln lassen", ihre Stimme war fest und bestimmend. Herald sah sie vernichtend an, nicht Mal der Tod wäre eine ausreichende Strafe für dieses Vergehen. Carly würde noch früh genug sehen was sie davon hat. Doch Herald machte einen Fehler: Er ließ Carly wieder vor dem Kamin schlafen und darin sah sie ihre Chance. Die Chance endlich aus diesem Elend zu entfliehen! Die Nacht hielt schon einige Zeit an, als die junge Hexe ihre Augen öffnete. Ihr Blick schweifte durch den Raum in dem sie war, niemand war dort. Wie auf Samtpfoten schlich sie sich zu den Zimmern ihrer Adoptivbrüder, ein letzter Blick auf den schlafenden Marek, die Gedanken schweiften an den Tag wo sie sich kennenlernten.

Sie schüttelte die Gedanken schneller ab und bewegte sich dann zu Valentin's Raum. Auch dort ruhte ihr Blick auf dem schlafenden Körper: „Danke für alles", flüsterte sie als sie ihn dort liegen sah. Danach machte sie sich zur Haustür, sie holte einmal tief Luft, ihre Hand ergriff den Knauf. Als die Tür dann offen war schlüpfte sie durch den Spalt und schlich in die süße Freiheit. Der kalte Nachtwind pfiff ihr um die Ohren und ließ ihre Haare dazu tanzen. Sie ging erst langsam kleine Schritte voran, wurde mit der Zeit aber immer schneller. Ein letzten Blick auf das Haus wo sie die letzten Jahre lebte, danach folgte sie weiter dem kalten Wind. Mit jedem Schritt den sie ging kam sie ihrem Glück immer näher, auch wenn ein Hauch von Angst ihre Gedanken streifte, ging sie entschlossen weiter. Nie wieder, versprach sie sich! Was auch immer die anderen jetzt über sie denken werden, dies war ihr nun herzlich egal. Carly lief in die nächste Stadt, dort suchte sie sich einen kleinen Stall und versteckte sich hinter dem großen Heuhaufen der dort war, um etwas Schlaf zu finden. Der kalte Nachtwind schepperte durch die alten Holzdielen und trotzdem bot die Hütte ihr Schutz vor dem Wind und der Kälte, vielleicht auch vor wilden Tieren. Nur diese eine Nacht würde sie hier verbringen und morgen wird sie ihre Reise wieder antreten. Wohin genau diese Reise gehen soll wusste die junge Hexe selbst noch nicht, aber definitiv in ein neues Leben.

***

Herald wachte am nächsten Morgen auf und freute sich schon dieses Monster endlich brechen zu können! Seine Beine trugen ihn in den Raum wo das Monster gestern Abend zu schlafen lag. Doch sie war nicht dort. Herald schaute sich im ganzen Haus um und man sah an seinem zuckendem Auge dass er nun vor Wut platzte. Marek kam seinem Vater entgegen: „Guten Morgen Vater", begrüßte er diesen freundlich, da Marek dachte dass sein Vater wieder Mal schlechte Laune hatte, wollte er diesen nicht noch weiter reizen. „Wo ist dieses Miststück!?", fluchte er vor sich hin und erst hat Marek nicht verstanden was er damit meint doch dann fiel ihm auf dass Carly nicht hier war. Valentin wurde auch langsam wach: „Guten Morgen, was ist los?", fragte er seinen jüngeren Bruder der ihn besorgt musterte. Wo ist sie nur?, fragte er sich und machte sich auch sorgen um die junge Frau.

„Das Monster ist weg!", fauchte Herald seinem Sohn entgegen, dieser Blickte ihn verwirrt an. Er konnte oder wollte nicht verstehen was Herald da sagt, vielleicht wegen der Beleidigung oder die Tatsache dass er nicht

glauben wollte das Carly fort ist. Valentin suchte die ganze Hütte ab, den Stall selbstverständlich auch doch es schien die Wahrheit zu sein: Dir Frau mit den roten Haaren ist weg. „Und gefunden?", fragte Marek hoffnungsvoll doch bekam nur ein Kopfschütteln als Antwort.
Carly ist weg!

Herald tobte vor Wut und beschimpfte die nicht anwesende Hexe. Er wollte ihr Respekt einflößen, ihr zeigen dass sie sich nicht alles erlauben darf, doch diese Göre haut einfach ab. Herald wollte nach draußen in den Wald gehen um das Ungetüm zu finden, doch sie könnte jetzt schon überall sein. Marek versuchte Herald zu beschwichtigen: „Vater beruhige dich", doch diesem gefiel das überhaupt, er schlug seinen eigenen Sohn zu Boden: „Schnauze du missbillige Gestalt eines Sohnes!", brüllte er und trat seinem Sohn dann in die Magengrube. Valentin kam dazu und erblickte den Ernst der Lage! Er sah seinen Vater der wütend auf seinen jüngeren Sohn ein schlug obwohl dieser sich nicht mal mehr regte. „Marek?", Valentin's Stimme war kurz vorm brechen als er seinen jüngeren Bruder dort auf dem Boden sah, Blut über der Lippe verteilt und mit blauen Flecken überall.

Valentin versuchte seinen Bruder zu wecken, in der Hoffnung er würde nur bewusstlos sein doch leider war dies nicht der Fall. Herald hatte es geschafft und seinen jüngsten Sohn getötet, sein eigen Fleisch und Blut. Valentin konnte seinen Vater nicht ansehen, wie war er zu so etwas im Stande? Für Valentin brach an dem Tag eine heile Welt zusammen, er wusste nicht mehr wo ihm der Kopf steht, keine Ahnung was er jetzt machen sollte? „Das ist, das Werk von dieser ekelhaften Hexe!", murrte Herald vor sich hin. Valentin konnte nicht fassen was sein Vater da grade gesagt hat, nach alle dem gibt dieser immer noch Carly für alles die Schuld: „Das ist eine Lüge", murmelte Valentin vor sich hin. „Ganz sicher?", fragte Herald wie ein Psycho und zog seinen Gürtel aus der Gürtellasche.

Kapitel 4: Begleiter

Carly wurde mit der Sonne wach und machte sich direkt wieder auf den weg. Sie war sich bewusst dass, das nächste Dorf weiter entfernt war und sie diese Nacht wohl draußen verbringen müsse. Doch auch davon ließ sich die junge Hexe nicht beirren.
Carly stapfte durch den Wald, der Boden war eiskalt von der Nacht doch der Wind war angenehm warm. An einer kleinen Lichtung entdeckte sie drei Söldner mit Pferden, auch diese entdeckten das junge Mädchen mit den Rubinroten Haaren, sie war ja damit auch nicht grad unauffällig. „Was macht denn eine Frau ganz alleine hier draußen?", fragte einer der Söldner. Carly blickte zu den drein: „Ich bin auf der Durchreise", erklärte sie sich. Der Söldner mit den Schulterlangen schwarzen Haaren ging auf die junge Hexe zu, diese wich einen Schritt zurück.

„Habt keine Angst", sprach er mit einer ruhigen Stimme. Carly blickte ihn zwar skeptisch an blieb aber an Ort und Stelle stehen. „Ich bin Sirius von Hindron", stellte dieser sich vor. Die Hexe nickte nur zustimmend: „Ich bin Carly." stellte sie sich ebenfalls vor. Sirius verneigte sich vor der Fremden: „Sehr erfreut." Währenddessen stellte sich einer der anderen Söldner hinter sie: „Ich wäre an Eurer Stelle nicht direkt so vertraut", er packte sie an ihren Armen und hob die junge Frau hoch. Carly lachte nur: „An Eurer stelle würde ich dies nicht versuchen." der Söldner lachte zusammen mit den anderen. Carly grinste nur, mal sehen wie weit die drei kommen.
Carly lies ihre Kraft entweichen und damit fing ihr Körper an zu brennen. Der Söldner fauchte schmerzverzerrte auf, wie macht sie das nur?

Er ließ sie fallen und die Chance nutzte Carly um sich davon zu machen und dies geling ihr auch ohne große Probleme. Sirius blickte ihr verstört hinterher: „Monster!", fluchte er dazu. Carly wurde ihr ganzes Leben als Monster bezeichnet, also wird sie den Menschen nun zeigen was ein Monster ist! Carly hatte öfters Begegnungen die nicht allzu schön waren, doch diese eine Begegnung sollte ihr einen anderen Blick auf die Menschheit geben. Eine ältere Frau, gebrechlich und sehr zart wurde von Räubern ausgeraubt. Die ältere Dame versuchte sich zu wehren, doch dies blieb ihr verwehrt. Carly mischte sich ein: „Lasst sie!", sprach sie gefährlich. Die zwei Männer die sie ausraubten lachten nur, doch dieses würde ihnen bald vergehen. Carly's Aura wurde rot, ihre Augen spiegelten die Flammen der Wut erneut und ihre Haare standen in einem dunkelroten Feuer. „Nimmt eure Finger von der Dame!", fauchte Carly und ließ ihre Hände brennen. Die Männer ergriffen die Flucht, doch auch die alte Dame flüchtete sich in Sicherheit. Mit so einer Reaktion hätte Carly rechnen müssen, war zu erwarten bei so einem Auftritt ihrer seit's.

Und es dauerte nicht lange dann hatte sich rumgesprochen das ein Monster sein Unwesen treibt und unschuldige Söldner angreift. Das dies eine Lüge war konnte ja keiner ahnen, denn Carly verteidigte sich nur. Die junge Hexe konnte ihre Kraft einigermaßen kontrollieren und trieb damit ihr Unwesen in den verschiedensten Dörfern. Jeder der nicht wusste wer sie war und sie dann für seine eigenen Zwecke nutzen wollte musste schnell verstellen das Carly kein Spielzeug war das man mal eben mitnehmen kann. Die junge Hexe lernte dass sie niemandem vertrauen kann und kämpfte sich wortwörtlich durch die Welt. Und nach ein paar weiteren Wintern die vergangen waren, kannte jeder ihren Namen! Jeder in der Umgebung wusste das man sich hüten muss wenn sie einem über den Weg läuft. Auch Valentin hatte bereits davon Wind bekommen was dort in den anderen Dörfern und Städten los war und er wusste auch wer dieses Monster ist! Wann ist sie nur so geworden? Fragte Valentin sich jedes Mal wenn man ihm von einem weiterem Vorfall hörte.

***

Carly streifte weiter durch das Land, sie würde sich erst zur Ruhe setzen wenn sie es gefunden hat. Nur bei der Frage was sie sucht war sich die junge Hexe nicht sicher. Es muss etwas sein nach dem sie sich sehnt. Etwas was sie hier nicht bekommt. Vielleicht Anerkennung oder Vertrauen? Eine schwarze Gestallt lief ihr über den weg, die Gestalt trug eine Kopfbedeckung die bis ins Gesicht gezogen wurden, man konnte nicht erkennen wer es ist. „Was führt Euch her?", sprach Carly die Gestalt einfach an, diese reagierte eher erschrocken: „Nicht!" keuchte diese und wollte direkt losrennen. „Hey, langsam! Du brauchst keine Angst haben", beruhigte Carly ihren, Gegenüber. „Wer bist du?. diese Frage ließ Carly schmunzeln, es gibt doch noch jemanden der sie nicht kennt?! Sie nahm ihre Kapuze ab und die roten Haare wehten im Wind: „Ich bin Carly." Auch die Gestalt gab nun seine Wahres ich preis. Es war ein junger Mann vielleicht grade mal zwei Jahre älter als sie selbst. Er hatte dunkel-lila Haare die, die Hälfte seines beinah makellosen Gesichts verdeckten, auch seine Augen waren in einem dunklen Lila. „Deine Augen sind..", bevor die junge Hexe ihren Satz beenden konnte vollendete ihr Gegenüber diesen: „Lila. Ich weiß", er wirkte dabei sehr genervt und so als würde er diesen Satz immer hören. Doch Carly verstand dies besser als irgendjemand sonst, denn auch sie wird jedes Mal darauf aufmerksam gemacht wenn es mal jemanden gab der sie nicht kannte. Nur er nicht, er wusste wie sie sich fühlt!

„Tut mir leid du wirst das wahrscheinlich öfters hören. Ich selbst muss mir diese Aussage ja selbst immer anhören", entschuldigte sich Carly bei dem jungen Mann.
„Wenn du es kennst, warum fragst du dann?" zischte der Fremde genervt. Doch Carly ließ sich davon nicht einschüchtern, sie schaute ihn weiter gespannt an.
„Verzeih meine Frage ich sage meist das was ich denke. Diese Eigenschaft hat mir schon öfters Freunde gemacht", sie zeichnete bei dem Wort Freunde Anführungszeichen in die Luft und lächelte leicht.

„Schon gut, auch ich habe diese Eigenschaft", entspannte sich der Fremde.
„Wie ist eigentlich dein Name, du bist mir sonst zu sehr im Vorteil", gluckste Carly. Der Fremde fing an zu lachen doch verriet ihr dann endlich seinen Namen: „Mein Name ist Samu." Carly's Mundwinkel zuckten nach oben, ein Mensch der sie wirklich mag und keine Angst vor ihr hat. „Wie kommt es das du hier draußen bist?", wollte Carly von ihm wissen. Samu atmete tief durch doch fing dann an zu erzählen: „Für meine Eltern war ich immer eine Schande, besonders mein Vater hatte immer Probleme mit meinem aussehen", Ja dieses verhalten kannte Carly, es ist so als würde sie sich selbst beim erzählen lauschen, doch es war dieser

junge Mann, der die gleiche Geschichte erlebt hat.
,,Meine Mutter starb als ich 11 war und ab da schloss mein Vater mich immer ein. Er wollte nicht das Menschen mich sehen. Doch vor 2 Nächten bin ich gegangen, mir wurde es zu viel. Man sagte über mich ich sei komisch und bin deswegen nie zu Gegend", endete Samu etwas bedrückt.

Carly musterte ihn besorgt: ,,Bei mir sah es auch nicht anders aus, ich wurde als Baby von meiner Mutter im Keller eingesperrt und wurde danach an einen Mann mit zwei Jungen verkauft. Dort bin ich vor langer Zeit weggelaufen, wie lange kann ich gar nichts sagen", sagte Carly um Samu zu zeigen dass er nicht alleine ist mit dem was ihm widerfahren ist. Samu lächelte sie freundlich an, dieses Gefühl konnte sie ihm wirklich geben. Manchmal braucht man jemanden der die gleiche Geschichte hat und damit hatten beide jemanden. Samu begleitete Carly auf ihrem Weg, wohin es auch immer gehen sollte er begleitet sie. Carly wusste zwar auch nicht wohin es geht, aber ihr Gefühl leitete sie seit dem sie aufgebrochen war. Irgendwo ist das Ziel und irgendwann wird sie ankommen, egal wo, wie oder wann! Sie hatte sich in den Kopf gesetzt dieses ungewissen Ziel zu erreichen.
,,Mal ne Frage, woher kommst du eigentlich?", wollte Samu von seiner Begleitung wissen.
,,Das Dorf am Hofe", antwortete Carly und bemerkte dass Samu einen Moment inne hielt, hatte sie was falsches gesagt?

Kapitel 5: Freundschaft

5 Nächte später kamen sie an einem Gewässer an, dort war ein kleines Ruderboot. Samu schlug vor dass sie mit diesem, mit fuhren könnten.
„Aber wir sollten unsere Merkmale verbergen, nicht dass er uns die Fahrt verweigert", erleuchtete Carly denn Gedanken ihres Begleiters. Beide zogen ihre Kopfbedeckungen an und gingen mit schnellem Gang zu dem Ruderboot und dessen Besitzer.
„Mein Herr wir möchten gerne übersetzten zur Insel", sprach Samu ihn einfach an und deutete auf sich und Carly, diese hob kurz ihre Hand um sich bemerkbar zu machen. Der Schiffer musterte die Beiden und sagte dann: „Der Meister dachte Ihr kommt früher", seine Stimme klang hoch seine Aussprache war gebrochen, so als würde er nicht von hier kommen.

„Was meinen Sie, mein Herr?", wollte Carly wissen doch bekam darauf keine Antwort. Sie betraten das Boot, der Fahrer löste das Seil womit das Boot am Ufer gehalten wurde. Es ging los und obwohl die Sonne bei der Abfahrt erst erwachte, schlief diese bei der Ankunft schon sehr lang. Das Boot ganz aus Holz legte an und ließ die beiden Reisenden aufs Festland. Er verlangte keine Bezahlung und sagte nur: „Der Meister wartet auf euch." Carly aber auch Samu fanden den Typen suspekt, es wirkte fast so als hätte das Boot nur auf die beiden gewartet und wenn sie nicht am heutigen Tag gekommen wären würde dieses Boot noch weitere Nächte und Monde an dem Ufer anliegen und warten dass sie endlich kommen würden.

Das Erste was sie zu sehen bekamen war eine große Stadt, kein Mensch war um diese Uhrzeit draußen zusehen. Die Stille war schon fast gespenstisch doch Carly genoss die Ruhe die sie in dem Moment hatte und würde diese gegen nichts in der Welt eintauschen. Samu hingegen fand die Stille nicht so entspannend, besonderes wegen dem Fahrer der ihm immer noch durch den Kopf ging. Wer bloß dieser Meister sein soll? Es wollte ihm nicht einfallen wer dieser Typ und der dessen Meister sein soll.
Carly ließ sich an einer kleinen Wiese nieder und hoffte das dieser Moment ewig anhält. Nach langer Zeit hat sie nämlich endlich das Gefühl das der Kampf vorbei ist, dieser endlose Kampf sich zu beweisen! Samu musterte sie lächelnd, es freute ihn sehr dass sie sich so wohl fühlt und sie hier ihre innere Ruhe findet.

Den Rest der Nacht entspannten die beiden sich. Doch mit dem ersten Sonnenstrahl wurde das Dorf wieder zum Leben erweckt. Diese Menschen hatten teilweise auch eine ungewöhnliche Haarfarbe aber es gab auch welche mit schwarzen oder braunen Haaren, sie lebten so zusammen als sei dies komplett normal! Und für diese Menschen war es das auch, sie kennen es nicht anders und würden es auch nie anders wollen.

Ein Mann kam auf die beiden zu: ,,Es freut uns sehr dass Ihr den Weg hergefunden habt", sprach er wohlwollende. Carly blickte ihn verwirrt an: ,,Woher wussten Sie denn das wir kommen?" Der Fremde lachte leise: ,,Der Meister aller Übernatürlichen hatte uns berichtet das zwei Besondere kommen! Normalerweise haben die meisten nur eine außergewöhnliche Haarfarbe aber Ihr habt dazu die passende Augenfarbe", erklärte der Fremde und wurde ganz nervös, aber keineswegs aus Angst sondern da er vor zwei der mächtigsten Wesen steht. Doch diese beiden schauten ihn als hätte er grade gesagt das die Erde rund ist. ,,Ach Ludwig lass die beiden erst einmal zum Meister gehen und dann können wir sie näher kennenlernen", sprach eine Frau die grade dazu kam. Der Mann der offenbar den Namen Ludwig trägt nickte zustimmend und bot den beiden an sie zu dem Meister zu bringen. In diesem Dorf gab es keinen König, nur den Meister des Übernatürlichen der den Menschen beibringt mit diesen zu leben und sie als normale Menschen zu sehen, sie nicht herunter zu stufen. Carly gefiel der Gedanke, alle miteinander und nicht gegeneinander.

,,Meister Krabat ist wirklich herzensgut und wird euch zeigen wie Ihr die Kraft nutzt die das Universum euch verliehen hat", erzählte die Frau fröhlich. Nun blieb Carly stehen: ,,Meister Krabat?", fragte sie schon fast schockiert. ,,Ja, er hat viele von den hergeholt die so schlecht behandelt wurden wegen ihrer Gabe." Ludwig wirkte traurig, er mochte die Tatsache nicht das so wertvolle Menschen so schlecht behandelt werden. Die vier liefen zu einer Hütte, der ältere Herr stand schon vor der Tür und nickte ihnen zu, dass sie zusammen kommen wusste Meister Krabat schon seit dem er vor kurzem bei Samu war, es hatte bei ihm länger gedauert bis er ihn gefunden hat, da er immer eingesperrt wurde. Er hatte ein langes Gespräch mit Samu und wusste das dieser schon lange vor hatte abzuhauen. Krabat sah ihm damals schon an das er es nicht mehr kann, ihm der Kragen platzte.

,,Carly, Samu es freut mich euch hier zu sehen", sprach er zu den Neuankömmlingen. Cary ging vor ihm auf die

Knie, damit zeigte sie ihm ihren Respekt, Samu tat dies nicht. „Carly mein Kind du musst dich vor mir nicht verneigen, wir leben hier alle auf Augenhöhe und das schon seit 20 Winter", beteuerte Meister Krabat.
„Ihr seid der Meister allem Übernatürlichen, das ist eine Frage des Respekts", erklärte Cary doch Meister Krabat winkte ab: „Ich habe vielleicht Erfahrung doch du und dein Begleiter seid die wirklichen Meister."
Nun schaute auch Samu Perplex: „Wie meinen Sie das?", der ältere Herr lachte und öffnete die Tür seiner Hütte. Die zwei Übernatürlichen traten ein während die beiden, die sie herbrachten, wieder ihrer Wege gingen. „So eure Frage war: Warum ihr die wahren Meister seid? Das ist recht einfach: Euch ist bestimmt schon Aufgefallen dass die meisten hier braune oder blaue Augen haben und trotzdem eine Haarfarbe besitzen die zeigt dass diese Menschen Kräfte habe, oder?", fing Meister Krabat an.

Carly und Samu nickten aufmerksam.
„Also normalerweise zeigt die Haarfarbe die Kraft an. Es gibt 3 die ihr vermehrt sehen werdet: helles rot das schon fast ins orange geht, die Farbe pink und blau! Merkt ihr was?", fragte Krabat wieder. „Samu und ich, wir haben andere Farben. Samu hat Lila was ein stärkerer Farbton von dem Pink ist. Ich habe Rubinrot was wiederum ein stärkerer Farbton von dem hellrot ist. Also bedeutet das, die Intensität der unnatürlichen Farbe über die Kraft bestimmt", merkte Carly an die das Ganze sehr schnell verstand. „Richtig, doch damit noch nicht alles diese Leute haben nur diese Haarfarbe, doch ihr Beide habt dazu noch die passende Augenfarbe. Die Kraft in euch ist allgemein stärker doch durch die Augen wurde sie fast Unermesslich! Deswegen möchte ich euch zeigen wie ihr sie kontrollieren könnt", fügte

Meister Krabat hinzu. Beide waren mehr als fasziniert davon, dass bedeutet sie haben nicht nur Übernatürliche Kräfte, Nein! Sie sind sogar die mit der größten Kraft! Carly hob leicht triumphierend ihr Kinn, ein Gefühl von Stolz durchströmt ihren Körper.

,,Die Menschen die euch so schlecht behandelt haben, können sich glücklich schätzen noch am Leben zu sein! Wenn dort eure komplette unkontrollierte Kraft zum Vorschein gekommen wäre, dann hätten diese Menschen es mit dem reinen Schatten und Feuer zu tun bekommen", Samu hat also die Kraft des Schatten und Carly die Kraft des Feuer, diese Kräfte heißt es nun auszubauen. ,,Wie hast du es geschafft zu fliehen Samu?", wollte Meister Krabat wissen. Samu schaute zu Boden, sollte er es wirklich erzählen? Der Angesprochene atmete tief durch: ,,Also es ist so gewesen dass ich meinen Vater in eine Schatten-Wolke verbannt habe und dann einfach gerannt bin." Meister Krabat strich sich über die Schläfen: ,,Mein Junge, ich weiß wie das damals wohl alles für dich gewesen sein muss, doch er kann Tod sein. Darüber muss du dir im klaren sein, auch wenn ich grade sagte das dies passieren kann wenn die Wut in euch hoch kommt, doch du hast es bewusst getan."

Samu nickte Schuldbewusst: ,,Die Menschen wären doch so viel besser dran wenn Keiner mehr regiert", versuchte er sich zu rechtfertigen. Krabat nickte bedrückt: ,,Die Menschen bei euch kennen es aber leider nicht anders. Deshalb werden sie einen neuen König bestimmen." Nun fiel Carly alles aus dem Gesicht, erst jetzt verstand sie wer dort die ganze Zeit mit ihr stand und wer mit ihr die letzte Zeit unterwegs war, sie fiel auf die Knie: ,,Mein Prinz verzeiht, dass ich euch

nicht erkannt habe." Samu kniete sich zu ihr runter: ,,Bitte fang jetzt nicht an mich anders zu behandeln. Wir waren solange zusammen unterwegs und sind Freunde geworden, also bitte sieh mich weiterhin als dieser." Carly legte ihre Arme um Samu: ,,Danke..", wofür sie sich bedankte verstand Samu nicht und Carly war nicht bereit dies zu erläutern.
Es war ihr zwar unangenehm sich dafür zu bedanken doch es musste gesagt werden, dieses 'Danke' war nämlich für die Freundschaft. Das erste mal hatte er dieses Wort, im Bezug auf sie gesagt und Carly sah dies nun als Anlass sich dafür zu bedanken.

Kapitel 6: Kinder Augen

Krabat schickte die beiden in eines der Zimmer, dort sollten sie sich erst mal ausruhen. Es wird ein langer und harter Weg den Beiden alles zu zeigen und beizubringen, doch dies nimmt Meister Krabat gerne in Kauf. Die Beiden sind es Wert so viel Zeit zu opfern, denn sie können alles verändern! Sie sind dazu in der Lage die Welt zu einem besseren Ort zu machen. Samu setzte sich neben Carly: ,,Worüber denkst du nach?" Carly blickte zu ihrem Begleiter und seufzte: ,,Es ist alles so komisch! Plötzlich soll ich eines der mächtigsten Wesen sein, obwohl ich Jahrelang wie eine Sklavin behandelt wurde! Meine Eltern haben mich verkauft und Meister Herald hat mich immer geschlagen. Ich kann das alles nicht wirklich glauben, es fühlt sich an wie ein Traum."

,,Natürlich, das ist Selbstverständlich! Aber mir geht es doch auch nicht anders. Ich wurde Jahrelang in einen Keller eingesperrt und wie eine Ratte behandelt, aber wir können jetzt alles ändern. Egal wie lange wir wie Gefangene behandelt wurden, nun hat es alles ein Ende! Wir nehmen unser Schicksal in die Hand", argumentierte Samu. Er war davon überzeugt, dass sie das alles zusammen schaffen! Er will ein besseres Leben, für sich und Carly. ,,Du könntest recht haben und trotzdem ist das alles so seltsam! Ich will doch nur ein Normales Leben als Mensch führen! Jetzt bin ich keine Sklavin mehr sondern ein Wesen mit starken Kräften, von denen ich nicht mal den Hauch einer Ahnung hatte!", Carly wirkte verzweifelt.

,,Das werden wir alles lernen, ich glaube das wir alles schaffen können wenn wir zusammen arbeiten! Wir

sind die stärksten!", Samu gab nicht auf, er würde sie solange motivieren bis sie selbst daran glaubt, zusammen können sie einen Traum zu einem Ziel machen. ,,Seit wann bist du so selbstbewusst?", lachte Carly als sie in seine überzeugten Augen blickte.
,,Du hast mir dieses vermittelt! Als ich dich das erste Mal sah hatte ich große Angst vor dir und hab versucht vor dir wegzulaufen, doch meine Neugier war riesig. Also bin ich dir gefolgt, als du mich dann bemerkt hast wollte ich doch lieber die Flucht ergreifen. Deine Stimme hat mich davon abgehalten, sie hat mich vertrauen fassen lassen", beantwortete Samu die Frage von Carly. Diese kratzte sich verlegen am Hinterkopf: ,,Normalerweise bewirkt meine Stimme eher das Gegenteil." Samu musste daraufhin laut los lachen: ,,Ja von dem Monster des Feuers habe ich schon sehr viel gehört! Du sollst besonders gefährlich sein da du so schön wie tödlich bist! Man hat dich mit einer Rose verglichen, schön anzusehen doch wenn man dir zu nah kommt, bekommt man die Dornen zu spüren." ,,Wann wurde denn gesagt das ich Hübsch bin? Meine Eltern sagten mit immer das komplette Gegenteil!", Carly war erstaunt über diesen Vergleich. Niemand hätte dies je zu ihr gesagt bis auf Nils, aber bei dem hatte sie das Gefühl er hätte es nur wegen Valentin gesagt.
,,Ständig, manche hatte sogar deswegen Angst vor anderen hübschen Frauen. Es hieß die hübschen wären die gefährlichsten", bei diesen Worten musste Samu leicht schmunzeln. Sie war hübsch, mehr als das! Niemand könnte sie in den Schatten stellen. Samu war der erste der es ihr je gesagt hatte.
Die Beiden unterhielten sich noch eine Weile bis sie ins Bett fielen und zusammen einschliefen. Am nächsten Morgen ging es tatsächlich schon mit dem Training los, Meister Krabat ließ die beiden erst mal ihre Kräfte

vorführen. Er muss wissen in welchen Ausmaß diese zum Vorschein kommen ohne Mentale Belastung, aber auch mit, dann müssen sie heraus finden wie sie diese Intensität kontrollieren.

Das Problem war nur, Carly hatte keine Ahnung wie sie ihre Kraft so herauslockt, denn sonst waren es immer die Situation mit Herald die sie so provoziert haben, dass sie so reagiert hat! Carly selbst spürt ihre Kraft nur, doch selbst benutzen konnte sie diese noch nicht. Samu hingegen war darin schon ein Meister! Er hatte seine Kraft sehr gut unter Kontrolle und wusste wann er, wie viel nutzen muss. Seine Schatten-Kunst war intensiv und selbst Meiste Krabat hatte Probleme damit sie in Schacht zuhalten.

„Samu das war wirklich sehr gut, aber du hast auch damals schon im Schloss trainieren können. Es wundert mich dass du Carly so gut wie nichts hervorrufen kannst, du hast viel Winter unter deiner, sagen wir mal, Familie gelitten und trotzdem hast du eine Blockade in dir, diese Kraft einfach so zu nutzen. Hast du vielleicht eine Idee warum?", sprach Meister Krabat ruhig und besonnen. Carly dachte darüber nach, warum könnte dies so ein Problem für sie sein? Ein Verdacht schlich sich in ihr Unterbewusstsein: „Ich glaube, es könnte die Angst sein das ich jemanden verletzte der es nicht verdient hat. Normalerweise kommt meine Kraft zum Vorschein wenn mich Jemand bedroht oder Jemand anders bedroht wird. Diese Kraft jetzt einfach so zu benutzen fühlt sich einfach nicht Richtig an. Sie wird kommen wenn sie gebraucht wird und nicht wenn ich spielen will." Die Worte von Carly erstaunten nicht nur Meister Krabat sondern auch Samu: „WAS?! Ist das dein Ernst? Wir sind die Stärksten und du willst hier einen auf Heilige tun? Das kann doch nicht dein Ernst sein? Bist du noch ganz sauber da oben! Wir können den Menschen Respekt einflößen die uns so schlecht behandelt haben!", brüllte Samu und rüttelte an Carly's Schultern.

Carly drückte Samu leicht von sich weg, er wirkte Angsteinflößend. Seine Augen wurden von dem Lila in ein tiefes schwarz getaucht, aber auch bei Carly tat sich was. Dies war definitiv eine Bedrohung. Carly's Augen fingen wieder an zu glühen, auch ihre Haare sahen so aus als hätten sie Feuer gefangen. Samu's Körper hüllte sich in einen gefährlichen Schatten. Carly hatte inzwischen mehr von ihrer Kraft bekommen, ihre Hände hielten je eine Flammen-Kugel. Beide bewegten sich auf den jeweils andern zu. Carly brauchte nur einen Schlag und Samu ging mit einem verbrannte Gesicht zu Boden. Leider rappelte sich Samu zu schnell wieder auf, doch Meister Krabat sprang dazwischen und stoppte die beiden bevor etwas schlimmeres Passiert: ,,Keine Kämpfe aus Wut oder Hass!", mahnte er seine beiden Schüler. ,,Du redest davon dass du Menschen verschonen willst und greifst deines Gleichen an?!", schrie Samu schon fast.
,,DU wolltest gerade deine Kraft gegen mich verwenden und bist mich körperlich angegangen, nur weil ich eine andere Ansicht habe! Und du wolltest doch meine Kraft sehen, hier hast du sie", gab Carly in der gleichen Tonlage zurück.

Samu schaute sie vernichtend an und ging dann einfach, Carly folgte ihm mit ihrem Blicken und war geschockt über das was Samu sagte, wie kann er nur so denken?

Meister Krabat berührte die Schulter seiner Schülerin um ihre Aufmerksamkeit zu gewinnen: ,,Mach dir keinen Kopf, der kriegt sich wieder ein. Ich persönlich teile deine Ansicht zwar, aber nur zur Hälfte. Natürlich Unschuldige müssen verschont werden doch, Leute die wissen was passiert ist und nichts Unternehmen sind meiner Meinung nach Mitschuldig", erklärte Meister Krabat seine Ansicht. ,,Der Mensch ist ein komisches Wesen. Sie haben Angst vor allem was sie nicht kennen, so wie Tiere. Also sollte man sie angreifen so dass man ihre Angst begründet oder sollte man ihnen zeigen dass es nichts gibt vor dem sie Angst haben müssen?", fragte Carly ihren Lehr-Meister. ,,In diesem Fall sollte man ihnen natürlich zeigen das sie keinen Grund haben vor dem sie Angst haben müssen", antworte Krabat.
,,Dann sollten wir diesen Weg wähle", sprach Carly in Gedanken.

Meister Krabat kann die Gedanken der jungen Hexe verstehen, doch auch er will die Menschen umstimmen. Carly ging nach dem Gespräch in das Dorf und schaute es sich genauer an, denn als sie mit Samu hier ankam, war es hauptsächlich dunkel. Doch nun konnte sie sich voll und ganz auf die Stadt konzentrieren. Diese war voller Menschen aber auch übernatürlichen Wesen, beide Arten arbeiteten Hand in Hand. Wie könnte Samu verantworten das auch diese Menschen Angst bekommen nur weil er Rache will? Er könnte damit das Leben unserer 'Artgenossen' zerstören weil dann auch diese Menschen sich aus Angst verteidigen wollen. So dachte Carly. Sie war innerlich sehr enttäuscht von ihm, sie dachte dass auch er diese Gedanken teilt. Nur leider verurteilt er sie für

diese Gedanken und das verletzte Carly doch wirklich sehr.
Eine kleine Träne floss über ihre Wange, doch diese wurde schnell beseitigt.
,,Mrs? Ist alles Okay?", ein kleines Mädchen zupfte an ihrer Robe und blickte sie besorgt an. Carly kniete sich zu ihr runter: ,,Ja mein Kind, mir geht es gut."
Das Mädchen strich über ihre Wange: ,,Warum haben Sie dann geweint?"

Carly lächelte traurig: ,,Weist du, manchmal tut es einem Weh wie andere Menschen über bestimmte Dinge denken." Das Mädchen blickte sie nun auch traurig an, sagte dann aber: ,,Hier brauchen Sie sich keine Sorgen machen! Wir sind hier alle Freunde und unterstützen uns. Ich durfte dieses Glück selbst erfahren, denn wissen sie als meine Mutter..", plötzlich verstummte sie. ,,Ist gut, du musst es nicht erzählen", Carly schloss das Mädchen in ihre Arme. Dieses kuschelte sich in ihren Mantel und erzählte weiter: ,,Mein Papa hat meine Mama getötet weil sie ein Übernatürliches Wesen war. Meister Krabat hat mich dann mitgenommen und mir ein Zuhause gegeben. Eine richtige Familie habe ich zwar nicht, aber dafür ist jeder im Dorf mein Freund."

Carly lächelte bei der Ansicht des kleinen Mädchen: ,,Ich hab auch keine Familie mehr, aber manchmal ist das besser, als eine Familie zu haben die einen nicht will."
,,Möchtest du meine Familie sein?", bei der Frage des kleinen Mädchen musste Carly fast wieder weinen.
,,Sehr gerne, aber vorher sollte ich mich vielleicht vorstellen. Ich bin Carly." ,,Ich bin Luna!", stellte sie sich vor. Carly nickte ihr freudig zu: ,,Freut mich sehr dich

kennenzulernen meine kleine Luna." Das Mädchen dass, den Namen Luna trug stand auf und hielt Carly die Hand hin damit auch diese aufstehen konnte: „Darf ich mit zu dir?", fragte sie zuckersüß. Carly hob sie in ihre Arm: „Gerne", es hat nur wenige Momente gedauert und schon hatte Carly die kleine ins Herz geschlossen. Luna erweckte in ihr einen Beschützer-Instinkt. Fast so als wäre es ihre eigene Tochter.

...

Bei Meister Krabat und Samu angekommen ließ Carly das Mädchen wieder runter. Sie freute sich riesig und schaute die beiden Männer fasziniert an: „Sind Sie auch ein Übernatürliches Wesen?", richtete sie sich an Samu. Dieser Nickte etwas überfordert: „Das ist Korrekt." Luna nickte zufrieden und widmete sich dann wieder Carly: „Liebt ihr euch?", diese Frage ließ Meister Krabat ein Schmunzeln über die Lippen huschen. „Carly ich wollte noch kurz mit dir sprechen."
Die Angesprochene wusste nicht wie sie auf die Frage antworten soll, wenn sie nicht weiß wie sich Liebe Überhaupt anfühlt. Was bedeutet es jemanden zu lieben? „Ich kann dir die Frage nicht beantworten", sprach Carly die Wahrheit. Luna schaute die junge Hexe verständnislos an, wie konnte sie dies denn nicht wissen?
Samu tippte der Rothaarigen auf die Schulter: „Bitte, ich möchte mit dir sprechen."
Carly zögerte etwas doch ging dann mit ihm in eines der Nebenzimmer, ob er nochmals auf das Thema eingehen möchte? Müsse sie sich wohl wieder einen Vortrag darüber anhören wie schlecht ihre Ansichten gegenüber den Normal-sterblichen sind?

,,Samu, ich glaub nicht das jetzt der richtige Augenblick für ein Gespräch ist", man merkte an ihrem Tonfall wie distanziert sie ihm gegenüber in dem Moment war. Samu blickte ihr verständnisvoll in die Augen, doch drückte sie auf den Holzstuhl: ,,Carly, ich hätte nicht so reagieren sollen, es tut mir leid. Natürlich kann man nicht jeden Menschen leiden lassen, für das was andere getan haben." ,,Wie kommt der Sinneswandel?", die junge Hexe war skeptisch.
,,Meiste Krabat hat mit mir gesprochen und war der Auffassung das es einen Mittelweg geben müsse zwischen unseren beiden Ansichten. Vielleicht können wir zusammen einen Weg finden", gab Samu zurück und hoffte das Carly ihm dies nicht nachtragen würde.
,,Lass uns ein anders Mal darüber sprechen", die Rothaarige wendete sich ab und verließ den Raum. Einerseits will sie ihm diese Entschuldigung glauben, doch irgendwie hörte es sich so an als hätte Meister Krabat ihn gezwungen sich zu entschuldigen. Carly wollte den Gedanken aus ihrem Kopf verbannen, sie hoffte dass er es wirklich ernst meint und nicht nur Meister Krabat nach dem Mund sprach, aus zwang. Krabat hatte sich während dem Gespräch um Luna gekümmert und sie in eines Zimmer gebracht.

Kapitel 7: Stärke

Die Nacht klopfte an der Tür und der kalte Wind pfiff um die Holzhütte und obwohl es so kalt war, saß Carly draußen auf der Steintreppe und ließ ihre Gedanken schweifen. Die Worte von Samu lagen noch immer wie Blei in in ihren Gedanken. Das Worte tiefere Wunden verursachen können als eine Waffe, war Carly gar nicht bewusst, doch nun wurde sie eines besseren belehrt. Die Rothaarige erblickte einen Mann mit hellen Haaren, vertraute grünen Augen trafen die ihrigen: ,,Carly?", seine Augen weiteten sich. Die junge Hexe blickte weiter zu ihrem Gegenüber, er hatte eine braune Kutte an, die verdeckte bis zu den Knien seine schwarze Hose. Die Lederstiefel fielen besonders auf, die Schnallen waren Gold verziert und glitzerten im Mondlicht.
,,Carly sag bis du es wirklich?", in Windeseile stand er vor ihr und legte seine Arme um den schmalen Köper der jungen Frau.
,,Marek? Wie kommst du hier her?", auch sie legte ihre Arme um ihn.
,,Vor ein paar Monden bin ich hergekommen und mir wurde angeboten das ich die Übernatürlichen unterstützen und von ihnen lernen kann", erklärte Marek sein auftauchen. Carly war etwas überrascht ihn hier zu sehen, niemals hätte sie gedacht ihn je wiederzusehen.
,,Wie kam es das du jetzt hier bist? Man hatte viel über dich berichtet, aber ich dachte nicht das du herkommst", wollte Marek wissen.
,,Ich hatte ein anderes Übernatürliches Wesen getroffen und zusammen hat uns der Weg hergeführt", sprach sie und ließ sich wieder auf der Steintreppe nieder.

,,Ich bin so froh dich wiederzusehen, du glaubst gar nicht wie viel passiert ist als du gegangen bist", seine Stimme wurde leiser.

,,Was ist den passiert?", sie legte ihren Arm um seine Schultern.

,,Valentin hat sich nach deinem Verschwinden total verändert, er war nicht mehr der Bruder den ich einst hatte", sein Blick richtete sich zu Boden.

,,Was hat er getan?", Carly hatte eine Vorahnung, doch könnte Valentin dies wirklich getan haben.

,,Er war wütend, sehr wütend! Valentin gab Vater die Schuld für einfach alles und ja das war er definitiv doch Valentin reichte es nicht das er es zugab. Er wollte das Herald leidet und hat ihn dann... Sagen wir so Herald weilt nicht mehr unter uns", Marek wollte nicht aussprechen was sein Bruder getan hat, das Vergessen war an erster Stelle. Er ließ die Tatsache aus dass, Herald ihn fast getötet hatte. Nils hatte ihn glücklicherweise gefunden.

Ihm kam es komisch vor dass Valentin wie ein Hahn ohne Kopf an ihm vorbei streifte. Also ging er zu der Hütte der Familie. Herald war schon Tod, doch bei Marek war noch Puls zu spüren. Also brachte er, den Verletzten zu Hofe, damit ihm dort geholfen wird.

,,Das ist furchtbar, es tut mir so leid", sprach Carly ihr ehrliches Beileid aus, denn obwohl Herald ihr so viel schlechtes angetan hat, hat niemand den Tod verdient!

,,Valentin ist gegangen, weit weg! Seit sechs Wintern habe ich ihn nicht mehr gesehen", endete Marek mit seiner Geschichte.

Der Wind wurde immer eisiger, weshalb Carly mit Marek in die Hütte ging. Sie setzten sich an den Tisch und Marek berichtete das er sich hier niedergelassen

hatte weil Meister Krabat ihn lehren will, die Übernatürlichen Wesen zuleiten.
Carly freute sich sehr für ihren jüngeren Bruder, aber das was sie noch mehr freute ist, dass ein Teil ihrer Familie wieder bei ihr ist!
Plötzlich trat Samu in die Küche und beäugte den Fremden Mann: „Was führt Sie zu unserer bescheidenen Hütte?"
Marek verschluckte sich beinah an seiner eigenen Spucke: „Ihr seid der Prinz?"
„Das ist richtig, wir trainieren zusammen", erläuterte Carly. Marek schaute seine Schwester perplex an: „Du willst mir sagen, der Prinz wohnt hier zusammen mit dir?"
„Ja Marek das tut er", ein Schmunzeln huschte über ihre Lippen.
„Kennst du ihn?", wollte Samu wissen, der eigentlich nur einen Becher mit Wasser wollte.

„Samu das ist Marek, mein Adoptivbruder, Marek das ist Samu mein Trainingspartner", erklärte Carly.
Marek konnte kaum fassen, dass seine Schwester den Prinzen persönlich kennt! Sonst hatte niemand ihn je gesehen, doch die Gesichtszüge sahen dem König so ähnlich das nur er es sein konnte!
Dieser setzte sich einfach neben Carly und wollte sich wieder Marek zuwenden: „Was führt dich eigentlich her?"
Marek blickte in die lila Augen von Samu: „Ich lerne bei Meister Krabat mehr über die Übernatürlichen. So dass auch ich ihnen helfen kann." Marek traute sich nicht ihm weiter in die Auge zu sehen.
„Marek entspann dich. Er war der Prinz in unserem Dorf, doch hier sind wir alle gleich", beruhigte Carly ihren Bruder.

„Ich weiß, trotzdem ist es seltsam ihn hier so vor mir zu haben", Marek mochte sich kaum bewegen in seiner Gegenwart.

„Ich kann dir versichern, du musst mir keinen Respekt erweisen. Ich habe mit dem Schloss und dem Hofe abgeschlossen", klärte Samu den jungen Mann auf.

Er dachte an seinen Vater, der rundliche König, der seinen Sohn einsperren ließ, nur weil diese anders war. Die Einzige, die dies versteht ist Carly.

„Wie lange hast du gedacht zu bleiben?", richtete sich Marek an sein Schwester.

Diese zuckte unwissend mit den Schultern: „Bis der Wind mich weiter leitet."

„Na hoffentlich leitet er dich zu unserem Bruder", meinte Marek, wenn auch nur scherzhaft.

„Vielleicht klappt das ja..", murmelte Carly in sich. Ihre Gedanken schweiften zu dem Tag wo sie Valentin und Marek das erste Mal sah.

Marek war noch so klein und kindlich, heute ist er zu einem starken Mann her ran gewachsen. Er hatte mittel langes Haar, das einem dunklem blond ähnelt. Früher waren seine Haare dunkler, aber es steht ihm.

„Warum willst du einen Menschen finden?", riss Samu sie aus seinen Gedanken.

„Der Mensch, wie du ihn bezeichnest, ist mein Bruder", entgegnete Carly ihm.

Samu verdrehte abermals die Augen, er sieht auch diesen als ihren Peiniger.

„Marek, was führt dich her?", Meister Krabat verstand das auftauchen von dem Jüngsten nicht.

„Ich habe Carly entdeckt und wollte ihr Bericht erstatten, darüber was passiert ist." erklärte Marek.

Krabat nickte und gesellte sich zu den dreien: „Luna schläft noch, vielleicht können wir etwas trainieren.

Marek könnte zusehen damit er weiß, wie er die Anderen trainieren kann",

Carly und Samu willigen ein.
Die Sonne schlief noch als das Training für die beiden losging. Samu ließ sich direkt von seinem Schatten umhüllen.
„Carly hat Probleme damit, ihre Kraft einzusetzen, wenn kein Kampf ansteht", erklärte Krabat seinem Schüler.
„Verständlich wenn man bedenkt, was sie alles ertragen musste. Unschuldige wurden vor ihren Augen getötet", sprach Marek.
Es würde erklären warum Carly sich so gegen Gewalt wehrt.
Der Honig-blonde hatte eine Idee, er ging zu seiner Schwester: „Carly, stell dir vor das er Herald ist. Wenn du deine Kraft kontrollieren kannst, dann können wir den Anderen besser helfen. Zeig dem Prinzen was ein Dorfmädchen drauf hat." Carly nickte: „Ich werde es versuchen." Der Gedanke an Herald, jagte ihr einen unangenehmen Schauer über den Rücken. Die Erinnerungen an das was er ihr angetan hat, saß tief in ihren Knochen. Doch dies half ihr, rote Flammen erhellten ihre Augen genauso wie ihre Haare. Samu staunte nicht schlecht, als sich das Feuer komplett um die junge Frau legte. Meister Krabat sah sich das Schauspiel genau an, Marek hatte einen Weg gefunden, ihre Kraft herauszuholen.
Carly spürte eine Erleichterung in sich, ihre Kraft wollte schon vor langer Zeit hervorkommen, doch nie hatte Carly es zugelassen, nur wenn es Notwendig war. Feuer baute sich in ihrer Hand auf, zu einer Kugel. Marek nickte ihr stolz zu: „Du schaffst das", lächelte er ihr leise zu. Der junge Prinz war verwundert, wie konnte

Marek sie dazu bringen, nicht Mal Meister Krabat hatte es geschafft.
Die beiden Übernatürlichen wehrten jeden Angriff, des jeweils anderen ab. Marek war beeindruckt von der Kraft die seine Schwester in sich trägt, er hatte schon viele Übernatürliche Wesen getroffen, doch Keiner von ihnen hatte so eine Stärke. Es ist fast so als würde man zwei Götter beobachten. Den Gott des Schattens und die Göttin des Feuers, ein Anblick den man nicht immer hat. Der Kräfte Austausch war enorm, als würden zwei Welten aneinander krachen.
Die Schatten von Samu zogen einen dunklen Schleier hinter sich her, seine lila Augen wurden dunkler, fast schon komplett Schwarz. Bei Carly hingegen sah es so aus als würde sich das Feuer um ihren kompletten Körper legen, wie ein Schild, nur in ihren Händen hielt sie zwei flammende Kugeln. Als diese auf den Schatten von Samu trafen, sprühte es Funken, der Laut ähnelte einem Gewitter. Erst der Donner und zum Schluss die Blitze. Meister Krabat war begeistert von den Kräften der Beiden: ,,Sehr schön, das reicht mir fürs erste."
Carly und Samu stellten sich vor Marek und Krabat: ,,Du warst unglaublich! Ich habe nicht gewusst dass die Kraft so Stark sein kann, so intensiv", Marek nahm seine Schwester in den Arm. Samu wusste zu was er im Stande ist, doch dass Carly auch so eine Enorme Kraft in sich trug, wusste er nicht. Luna gesellte sich zu den Vieren und blickte den dunkelblonden Mann an: ,,Marek, was machst du bei Meister Krabat? Du hast doch mit Nikita zu tun oder nicht?"
Der Angesprochene hockte sich zu ihr runter: ,,Sie wollte sich nach dem Training etwas erholen und da habe ich spontan Carly getroffen."
Luna schaute zwischen den Beiden hin und her: ,,Woher kennst du sie?", folgte nun die logische Frage.

„Carly wurde damals von meinem Vater gekauft als ich noch jünger war, weshalb ich sie als Schwester sehe", erläuterte Marek. Luna nickte verstehend, damit war das Thema für sie erledigt.

„Wer ist denn Nikita?", fragte Carly mit einem gewissen Unterton, der Marek erröten ließ. „ Ich trainiere sie, sie hat die Kraft der Natur." Carly lächelte wissend, als hätte man es ihm in die Stirn geritzt.

„Wie ist das eigentlich mit Valentin?", holte Carly das Thema ihres älteren Bruders zurück. Marek senkte seinen Kopf: „Er ist fast so lange weg wie du es warst."

„Das könnte heißen, dass wir ihn finden können", Carly war dem ganzen positiv gegenübergestellt. Marek hingegen pessimistisch: „Wie willst du das anstellen?" Samu unterbrach das Gespräch: „Menschen versuchen immer eine Art 'Zuhause' zu haben, soll heißen, dass er sich bestimmt irgendwo niedergelassen hat", es war kein schlechter Gedanke.

„Ich würde ihn gerne suchen", sprach Carly ihren Gedanken laut aus. Marek stimmte ihr zu, denn auch er möchte seinen Bruder wieder haben.

„Dann sucht ihn", ertönte die Stimme von Meister Krabat. Die beiden Geschwister schauten ihn verblüfft an: „Und was ist mit dem Training?", ergriff Carly zuerst das Wort.

„Das beste Training sind die eigenen Erfahrungen, nur tut mir den Gefallen und bleibt immer alle Drei zusammen." Nun wurde auch Samu hellhörig: „Ich soll mit?"

„Selbstverständlich Samu, ihr seid ein Team. Keine Alleingänge."

Marek und Carly nickten sich zu, sie würden keine Zeit verschwenden und die nächste Gelegenheit nutzen um loszulegen.

„Morgen früh?"
„Morgen früh."
„ Werde ich auch gefragt?", fragte der Prinz doch bekam keine Antwort.
„Na dann, kein Schlaf", murrte Samu weiter während die Geschwister sich einen Plan überlegten, der passende Weg würde sich mit dem Plan zusammen ergeben.

Kapitel 8: Weggefährten

Carly berichtete Luna am Morgen von ihrem Plan, diese strahlt sie wieder aus ihren Himmelblauen Augen an: „Finde ihn! Dann wird unsere Familie größer!", sprach sie fröhlich. Carly nahm das kleine Mädchen zum Abschied nochmal in den Arm und ging dann zusammen mit Marek und Samu los.
„Wo gehen wir jetzt eigentlich hin?", fragte Samu nebenbei.
„Der Plan ist das wir jetzt zum Hafen gehen und dann am anderen Ufer suchen, denn auf der Insel der Übernatürlichen zu suchen wäre Schwachsinn", erklärte Marek.

Als die drei an dem Schiff ankamen wurden sie wieder von diesem Fährmann begrüßt. Für Carly und Samu wirkte er immer noch komisch, sein Rücken war gebeugt und einen Arm hielt er immer nah an seinem Körper während der andere zum gestikulieren dient. Er spricht mit gebrochener Sprache und musterte die Übernatürlichen immer besonders seltsam.
„Mundorf! Zum Festland", sprach Marek ihn an.
„Du kennst ihn?", fragte Carly ihren Bruder. Was dieser mir einem Nicken bestätigte: „Er war damals einer von den Menschen der die Übernatürlichen getötet hat, etwas weiter von hier. Diese hatten sich an ihm gerecht und Meister Krabat war so gütig und hat ihm trotz seiner Entstellung diese Arbeit gegeben."

Samu und Carly nickten verstehend. Es gab schon Übernatürliche die sich gerecht und Menschen gefoltert haben. Carly missfiel dieser Gedanke, anderen Leid zuzufügen, auch wenn sie es vielleicht verdient haben, hat sie nicht das Recht über das Schicksal desjenigen zu urteilen. Samu fing auch an darüber nachzudenken, wenn er Menschen Leid zufügt und entstellt werden diese Menschen von anderen genauso behandelt und angesehen wie er damals. Nun gingen ihm wieder die Worte von Carly durch den Kopf: „Ich glaube, es könnte die Angst sein dass ich jemanden verletzte, der es nicht verdient hat." Diese Worte hatten in ihm eher Wut ausgelöst, doch nun mit dem Blick auf Mundorf, kam Mitleid in ihm auf. Vielleicht war die Ansicht von Carly doch gar nicht so falsch, ging es ihm durch den Kopf. Samu dachte die ganze Zeit darüber nach und bemerkte erst gar nicht dass sie schon angekommen waren.

„Da wir damals Richtung Süden gewohnt haben, gehen wir gen Norden", verkündete Carly. Marek nickte zustimmend während Samu nur hinterher trottete. Seine Gedanken übertönten die Gespräche von Marek und Carly, er schaute zwar stur nach vorne, doch er nahm nur seine Gedanken war, das was ihm durch den Kopf ging. Er bekam deswegen nicht mit dass sie schon längst die Nacht eingebrochen ist: „Samu, ich glaube wir finden keinen Gutshof mehr und müssen hier rasten", holte Marek ihn endlich wieder in die Realität. Carly, Marek und Samu legten sich im Schutze eines Gebüsches, zum Schlafen. Es war eine nasse kalte Luft die, die Nacht durchtränkte. Alle Drei hatten zwar dicke Kleidung an, doch diese schützte nur zum Teil vor dem kalten Wind. Die schwarzen Kutten waren zwar wirklich gut gefüttert doch nun auf der kalten Erde eher unbrauchbar. Dies merkte sie am nächsten Morgen auch, Rückenschmerzen und kein bisschen erholt.

„Wir müssen für die nächsten Nacht definitiv einen Gutshof finden, noch eine Nacht überlebe ich definitiv nicht", beschwerte sich Samu.
„Ich gebe dir recht, aber wenn nicht wirst du wohl müssen", entgegnete Marek ihm und wendet sich seiner Schwester zu. „Wir sollten weiter, dann könnten wir auch ein Dorf finden."
Carly nickte ihm zu und damit ging die Reise wieder los, obwohl keiner der Dreien ausgeschlafen oder gar erholt war.

Sie waren erst einen Tag unterwegs und schon kamen die ersten Probleme, Nachts draußen zu sein ist immer gefährlich. Es ist kalt, der Boden meist Nass und man darf kein Feuer machen wegen den wilden Tieren. Sie hofften dass diese Nacht angenehmer wird und sie einen Gutshofs finden.
Samu, Carly und Marek sind nun seit mehreren Stunden wieder Unterwegs. Endlich kamen sie an einen Gutshof an, dort konnten sie sich endlich wärmen und ausruhen. Die Dielen quietschen von dem kalten Wind und trotzdem war es innen sehr warm. Ein offenes Feuer schmückte den Vorraum. Ein paar Söldner saßen an einer langen Tafel und aßen ihr Leib Brot.
„Seid gegrüßt, Fremde", sprach eine ältere Dame und verbeugte sich. „Wie kann ich Ihnen behilflich sein?"

„Wir wollten uns etwas aufwärmen und vielleicht mit euch speisen", erklärte Marek. Die ältere Dame wies die drei zu einem Platz, brachte ihnen Suppe, dazu ein Leib Brot und Wein. Die Drei genossen das Essen und die Wärme des Feuers. Ein weiterer Söldner betrat den Gutshof, Carly nahm dies zur Kenntnis reagierte aber nicht, Marek genauso wenig. Nur Samu wurde kreidebleich und stand auf. Carly schaute Marek fragend an, dieser konnte sich dies aber auch nicht erklären. Samu ging zu dem Söldner, sprach zwei Sätze mit ihm und dann fiel er ihm in die Arme. „Kennst du ihn?", wollte Marek von Carly wissen doch diese verneinte dies. Der Söldner hatte braune Haare und blaue Augen, er trug eine schwarze schwere mit Nieten besetzte Weste und seine braune Latzhose hing locker an seinem Körper, auch seine Stiefel hatten einen braunen Farbton. Samu kam mit dem Söldner zurück zu Carly und Marek: „Seid gegrüßt", er verbeugte sich. Marek ergriff das Wort: „Es freut uns Sie kennenzulernen." Der Söldner erhob seinen Kopf und blickte die beiden an: „Verzeiht meine Unhöflichkeit, ich habe mich noch nicht vorgestellt, mein Name ist Anselm." Carly taxierte ihn von oben bis unten. Besonders auffallend sind seine markanten Wangen-Knochen und seine vollen rötlichen Lippen. Eine braune Strähne fiel ihm ins Gesicht, diese blies er direkt weg und stellte sich wieder aufrecht hin.

„Sehr erfreut, ich bin Marek und das neben mir ist meine Schwester Carly. Samu scheint Ihr ja schon zu kennen", erläuterte Marek.

„Ja, das ist korrekt!", beteuerte der Söldner während, seine Augen zu Carly wanderten. Die junge Frau hatte eine schwarze Kutte an, diese verdeckte ihre Haare. Anselm blickte zu Samu: „Wie viel?", die Frage verwirrte die anderen beiden. Doch der Prinz verstand was Anselm meinte: „Sie wissen alles", beantwortete er die Frage. Der Söldner staunte nicht schlecht, damit hatte er nun nicht gerechnet.

„Ich lade euch Drei ein bei mir die Nacht zu verbringen", verkündete er und legte seinen Arm um Samu.

„Danke Anselm, ich bin dir was schuldig", lächelte der Prinz. Doch Anselm winkte ab: „Nein, ich bin dir das schuldig!" Carly und Marek verstanden nicht wirklich woher die Beiden sich kannten und besonders nicht warum der Söldner dem jungen Prinzen was schuldig war. Anselm nahm sich eine der Öl-Lampen und brachte die Drei in seine Unterkunft, für ein Zimmer im Gutshof recht groß. Ein Kamin auf der linken Seite, davor lag ein großer Bärenfell-Teppich, eine Holzbank gegenüber der Tür, direkt unter dem Fenster, ein großes Feld Bett auf der rechten Seite neben dem einer weiteren Tür, diese führte zu einem Waschraum mit einer großen eisernen Wanne. Er stellte die Öl-Lampe neben das Feldbett und sagte: „Sucht euch gerne einen Platz aus und lasst uns dann endlich zur Ruhe kommen", er wirkte selbst sehr müde und erschöpft zu sein.

Samu legte sich auf die Holzbank unter dem Fenster und Marek auf den Bärenfell-Teppich, nur Carly blieb an Ort und Stelle stehen. Sie wusste nicht wie sie sich nun bei einem Fremdem Verhalten soll, besonders als Frau bei einem Mann. Marek bemerkte die Unsicherheit seiner Schwester und klopfte einfach neben sich, zögerlich setzte sich Carly neben ihn: „Entspann dich", flüsterte er und legte einen Arm um ihren Körper. „Leichter gesagt als getan", murmelte Carly vor sich hin, doch Samu zeigte ihr wie einfach das geht. Er zog seine Kutte aus und präsentierte damit sein lilafarbenes Haar. Carly zog daraufhin ihre Kutte nur noch weiter ins Gesicht, so frei wollte sie sich gar nicht einem Fremden präsentieren. Anselm beäugte die ängstliche junge Frau: „Du kannst dich hier frei bewegen", versicherte er ihr, doch auch dies ließ Carly nicht entspannen. Sie drückte sich näher an Marek.

Nun schaute auch Samu zu ihr, er kniete sich vor sie: „Ich weiß dasd es schwer ist, wir müssen uns sonst immer verstecken, doch hier nicht." Samu konnte sich gut in Carly hineinversetzen, er weiß dass ihr die Erinnerung, an das was man ihr damals angetan hat, immer noch wehtut und die Angst dass es wieder so sein könnte. Marek wusste nicht was er sagen soll, immerhin ist es ihre Entscheidung, ob sie ihr Wahres Ich, jemandem präsentiert.

„Du bist auch eine Übernatürliche?" die Frage von dem Söldner war überflüssig, doch zeigte Carly dass er weiß was es bedeutet.
„Sie hat höchstwahrscheinlich genau die gleichen Gedanken, wie du damals, aber wenn Carly nicht bereit dazu ist, das zu präsentieren, dann ist es so. Du hast auch fast ein Jahr gebraucht, dich mir zu offenbaren", erklärte Anselm dem jungen Prinzen. Dass Carly das gleiche denkt wie er damals, wusste Samu bereits. Marek lächelte in sich, so viel Verständnis könnte man von Samu nie erwarten.

„Lass dich nicht unter Druck setzen von Samu, tu das was du für richtig hältst", lächelte der Söldner und verwuschelte die Haare von Samu. Nun musste auch die junge Hexe schmunzeln, er hat den Prinzen im griff, dieser Meinung war auch Marek: „Vielleicht magst du uns ja begleiten und den Prinzen ein bisschen mehr von dir beibringen", scherzte er. Doch Anselm sah dies gewiss nicht als Scherz: „Es wäre mir eine Ehre, ich habe die letzten Monde sowieso zu viel mit meiner Arbeit verbracht."
„Du wärst wirklich bereit uns zu begleiten?", sprach Carly nun zum ersten Mal, seit dem der Söldner da war.

„Die junge Frau kann ja doch sprechen?", lächelte Anselm. Schlagartig färbten sich die Wangen von Carly rot.
„Nicht jeder ist so wie du und kann direkt mit jedem so reden", erwiderte Samu, der die Art des Söldners schon kennt. Schon früher sprach er so wie ihm der Mund gewachsen war, kein Blatt vor den Mund nehmen und sagen was man denkt, dies ist keine schlechte Eigenschaft, doch bei gehobenen Häusern nicht gerne gesehen.

„Das weiß ich doch Samu, wohin soll die Reise eigentlich gehen?", wollte der Söldner wissen und blickte Carly an.
„Wir suchen unseren älteren Bruder, er ist vor längerer Zeit gegangen und nun wollen wir in zusammen finden", antwortete die junge Hexe. Anselm überlegte: „Gut, dann machen wir uns morgen direkt auf den Weg, je länger wir ihn nicht finden desto größer wird der Abstand sein."
„Das hört sich nach einem Plan an", damit legte Samu sich hin und drehte sich mit dem Gesicht zur Wand. Marek hatte sich inzwischen auch schon hingelegt und die Augen geschlossen, eine drückende Stille legte sich in dem Raum.
Carly blickte zu Anselm: „Wie lange bist du schon unterwegs?" durchbrach sie die Stille und versuchte einen Gesprächsstart. Anselm schien wieder zu überlegen: „Schwierig, ich habe keinen festen Wohnort, ich lebe von den Aufträgen die mir die Adligen geben und wenn diese erledigt sind, reise ich weiter."

„Das hört sich interessant an, was sind das für Aufträge?", wollte Carly wissen.
„Unterschiedlich, mal sind es Ratten im Keller oder Eulen die sich ein Nest gebaut haben. Die adligen denken immer das es irgendwelche Monster sind weshalb die Bezahlung recht gut ist. Wie sieht es bei dir aus?", wechselte er das Thema zu Carly. Diese lachte leicht: „Ich bin damals geflüchtet, irgendwann dann auf Samu getroffen, zusammen haben wir Marek gefunden und nun möchten wir Valentin zurückholen", erklärte Carly wahrheitsgemäß.
Anselm lächelt wieder: „Es ist schön wenn man eine Familie hat die so auf einen auf passt. Valentin kann sich glücklich schätzen euch zu haben." Carly stimmte ihm mit einem Nicken zu.
„Aber wenn wir Morgen früh los wollen sollten wir jetzt schlafen, es ist spät." entgegnete Anselm ihr.
Carly stimmte ihm wieder lächelnd zu: „Gute Nacht Carly."
„Gute Nacht Anselm."
Beide legten sich hin, um nun endlich den Schlaf zubekommen den sie bräuchten.

Kapitel 9: Lebensgeschichte

Am nächsten Morgen packten die Vier alles Notwendige zusammen, Speisen und Trank für den Weg durfte natürlich auch nicht fehlen. Anselm hatte ein Pferd im Stall des Gutshof untergestellt, dieses trug die Dinge, die mitgenommen wurden. Carly hatte sich schon in den schwarzen Mustang verliebt, sein Fell glänzte in der Sonne wie Diamanten, daher hat er auch den Namen Daiment. Marek und Samu gingen voran, während Carly, Anselm und Daiment ihnen mit etwas Abstand folgten.

„Woher kennst du Samu eigentlich?", wollte Carly von dem jungen Mann neben ihr wissen. Dieser lächelte leicht: „Es ist schon sehr lange her da habe ich einen Auftrag für seinen Vater erledigt. Im Keller des Schlosses sollten Trolle sein, doch so wie eigentlich immer waren es nur Ratten. Jedoch fiel mir dort etwas anderes auf, ein Mann mit einem spitzen Hut war dauerhaft dort unten und verteilte Weihrauch. Natürlich wollte ich wissen warum das so ist, er wollte mir bloß keine richtige Antwort dazu geben. Also durchsuchte ich den Keller und fand letztlich den kleinen Samu, zusammen gekauert und voller Angst in den Augen. Er trug lumpige Kleidung und hatte nichts von einem Prinzen."
Carly's Blick schweifte zu Samu der neben ihrem Bruder lief und nun völlig unbeschwert lachte.
„Er wirkt jetzt so glücklich, man kann sich gar nicht vorstellen was er erlebt haben muss", meinte Carly und blickte wieder zu Anselm.
„Das ist richtig, aber Samu ist stark! Er hätte jedes Recht immer mies drauf zu sein und immer zu weinen, doch wie du siehst lacht er und ist glücklich. Anders als

sein Bruder der... Nein er ist immer noch der Prinz", stoppte Anselm sich.

„Samu hat einen Bruder?", fragte Carly, da sie von diesem bis jetzt noch nichts gehört hat. Anselm atmete tief durch, als müsse er sich erst beruhigen: „Molek, ein König's Sohn wie er im Buche steht. Er ist verwöhnt und heult wegen jeder Kleinigkeit herum. Er meinte damals so viel Schlechtes über Samu zu erzählen, dass ich ihn bald zu einem Troll gemacht hätte", Anselm malte zornig mit seinen Zähnen.
„Der hört sich schlimm an", murmelte Carly.
„Wenn du jemanden mit schwarzen Haaren und grünen Augen siehst, lauf", schmunzelte Anselm.
„Danke für die Warnung", gab Carly lachend zurück.
„Molek ist einer der Typen die sich von vorne nach hinten bedienen lassen, als sei es selbstverständlich das man alles bekommt nur weil man mit einem Glöckchen klingelt", er verdreht die Augen.
„Samu ist was das angeht wirklich selbstständig", dachte Carly nach.
„Na ja das vielleicht auch nicht wirklich, aber mehr als Molek", lachte Anselm.
Nach weiteren Gesprächen zwischen den Beiden, wurde es so langsam Nacht. Die Vier machten Rast in einem Waldgebiet. Man sah wie die Blätter schon anfingen die Farben zu wechseln, von Grün zu Orange. Es wurde kälter.
„Carly, magst du vielleicht..?", Marek brauchte seine Bitte gar nicht aussprechen. Seine Schwester wusste was er wollte: „Hol etwas Holz, ich kümmere mich", lächelte sie. Gesagt getan, Marek holte etwas Holz, dieses ließ Carly entflammen. Anselm schaute zu Carly und musste lächeln als er ihre Kraft sah. Er murmelte: „Wie eine Rose, wunderschön und tödlich

zugleich." Samu war der Einzige der diese Worte gehört hat: „Magst du sie?", bekam Anselm direkt die Frage von ihm.

„Wie könnte ich nicht?", säuselte er in Gedanken. Samu schüttelte lachend den Kopf und ließ sich an dem Baum nieder: „Sie ist sehr hartnäckig, wenn sie eine Meinung hat dann lässt sie sich nicht davon abbringen."
Anselm schloss seine Augen: „Keine schlechte Eigenschaft." Samu verdrehte die Augen und ließ seinen Blick gen Himmel schweifen. Carly und Marek setzten sich zu den anderen Beiden: „Wir sollten schlafen, Morgen geht es Früh wieder los", verkündete Anselm. Samu legte sich einfach hin und schlief auch direkt ein, Anselm tat es ihm gleich. Marek legte einen Arm um seine Schwester: „Wir werden ihn finden", sprach er zuversichtlich. Carly nickte nur, dabei hatte sie sich darum überhaupt keine Gedanken gemacht. Luna hatte ihr diese Frage einst auf Samu bezogen gestellt. Nun fragt sie sich ob es dieses Gefühl ist. Diese Sicherheit die sie bei Anselm empfindet. Ihr blick schweifte zu dem Gesicht von Anselm, seine Augen waren geschlossen und man sah ihm seine Entspannung an. Sonst war er immer so steif, doch nun ließ er sich einfach fallen.

Marek bemerkte den Blick seiner Schwester: „Er gefällt dir", merkte er an und grinste breit. Die Wangen von Carly färbten sich rot, sie antwortet nicht auf die Frage, das musste sie auch nicht, Marek war die Stille Antwort genug. Die Geschwister legten sich nach dem Gespräch auch hin und schliefen. Carly fühlte sich ertappt, als sei es für sie verboten so etwas zu fühlen. Besonders weil sie eine Übernatürliche ist. Die aufgehenden Sonne lies diese Gedanken vergehen, Carly versuchte sich nun

endlich auf die Suche von Valentin zu konzentrieren. Die vier gingen wieder los, für Samu war es inzwischen ein alltäglicher Trott, aber er hat sich dazu entschlossen Marek und Carly zu unterstützen. Anselm hingegen genoss die Reise, er war froh darüber. Endlich konnte er seine Seele baumeln lassen und musste nicht ständig arbeiten. Er hatte sonst seine Zeit wieder in irgendwelchen Kellern verbracht. Nun jemandem zu helfen, einfach so und dann eine Familie wieder zusammen zu bringen, ein wundervoller
Gedanke. Anselm und Carly unterhielten sich angeregt über ihre Vergangenheit. Plötzlich hörte man ein Wolfs heulen. Anselm zog Carly direkt hinter sich und zückte sein Schwert: „Vorsichtig", flüsterte er ihr zu. Carly sah sich um doch konnte noch nichts erkennen, auch die anderen hatte sich in die Abwehrhaltung begeben: „Keine hektischen Bewegungen", mahnte Samu. Ein großer zotteliger Wolf sprang vor die Vier und heulte, Anselm richtete sein Schwert auf ihn, doch Carly sorgte dafür das er dieses wieder senkt: „Er ist verletzt!", erklärte sie und beugte sich zu ihm runter, ihre Hände strichen über sein schwarzes Fell. Eine Verletzung kam zum Vorschein: „Hast du was zum reinigen?", richtete sie sich an Marek, der ihr auch direkt einen kleinen Arzneikoffer gab.
Carly versorgte die Wunde und lies den Wolf dann seines Weges gehen: „Woher wusstest du das er uns nicht angreift?", wollte Samu wissen.
„Fang an die Wesen zu lesen mit denen du zu tun hast", lächelte Carly. Die Verwirrung stand Samu ins Gesicht geschrieben: „Was redet deine Schwester da?", richtete er sich an Marek.
„Achte auf Details", gluckste dieser und folgte dann wieder Carly und Anselm die schon wieder eine ganze

Strecke zurück gelegt haben während Samu darüber nachgedacht hat was das wohl bedeuten kann.

Je länger sie Richtung norden liefen, desto kälter wurde es. Das nächste Dorf dass sie erreichten, lag schon im Winter, die Dächer wurden von dem weißen Schnee geschmückt. Die schwarzen Kutten die Marek, Samu und Carly trugen hielten zwar teilweise warm und trotzdem waren diese nicht Winter fest. Wer hätte aber auch ahnen können dass sie so weit in den Norden gehen?

„Ein Gutshof, wir sollten hier bleiben", meinte Samu und freute sich schon auf das warme Feuer an dem er sich wärmen könnte. Die Anderen stimmen ihm zu, denn auch ihnen setzte die Kälte zu. Sie betraten den Gutshof und direkte lagen alle Blicke auf ihnen. Der weg zum Herren des Hauses fühlte sich länger an, die Blicke der anderen durchbohrten sie förmlich.

„Was wollt ihr?", murrte der dicklich Mann. Marek stellte sich an die Spitze der Gruppe: „Wie wollen uns etwas wärmen", erklärte er. Doch der dicklich Mann schaute sie abwertend an: „Hexen sind hier nicht erwünscht", sprach er feindselig. Anselm stellte sich vor die beiden Übernatürlichen, doch leider brachte das nicht viel. Eine Frau zog Carly die Kopfbedeckung runter und brüllte: „Hexe!"

Die Anderen im Raum legten Automatisch ihre Hände an die Waffen die sie bei sich trugen. Anselm schob Carly hinter sich und griff auch nach seinem Schwert: „Das Ihr eine Hexe schützt, ein Monster!", brüllte einer der Söldner. Anselm blickte ihn eisig an: „Sie ist kein Monster", die Anderen in dem Raum sahen dies nicht so. Marek lotste Carly und Samu raus, Anselm folgte ihnen mit seinem Schwert in der Hand.

„Typisch Menschen..", beschwerte sich Samu laut stark als sie wieder in der Kälte saßen. Anselm verdrehte die Augen, sagte aber nichts, denn er sah ja wie die Meisten auf die Übernatürlichen reagieren. Carly hielt sich auch zurück, sie wusste auch nicht was sie sagen soll. Sie kannte die Ablehnung der Menschen schon, doch dass sie deswegen einfach rausgeschmissen wird, war mal wieder etwas neues. Anselm sah der jungen Frau an das ihr diese Ablehnung sehr nah ging. Samu machte es nicht wirklich was aus, er würde diese Menschen ohne mit der Wimpern zu zucken, einfach töten.

Anselm stellte sich neben Carly und legte eine Hand auf ihre Wange: „Nimm es dir nicht zu Herzen, die haben keine Ahnung wovon sie da sprechen." Die junge Hexe nickte und lehnte sich leicht an seine Hand. Diese verteilte eine angenehme Wärme auf ihrer Haut und es fühlte sich unbeschreiblich schön an.

„Wir sollten schauen das wir weiter kommen, vielleicht finden wir noch einen Gutshof", schlug Marek vor. Also stapften die Vier weiter durch den Knöchel hohen Schnee. Etwas abgelegener sahen sie ein Feuer flackern, je näher sie dem Licht kamen erkannten sie eine Hütte. Das Feuer zeigte dass ein Mann vor der Hütte stand. Er hatte schulterlange schwarze Haare, eine graue Jacke schmückte seinen muskulösen Oberkörper, seine Beine wurden von einer schwarzen Lederhose verdeckt und seine schwarzen Lederstiefel vollendeten den Anblick.

Anselm, Carly, Marek und Samu gingen direkt auf die Hütte zu, der bis jetzt fremde Mann drehte sich in ihre Richtung. Seine grünen Augen wurden größer, ein Lächeln zierte seine Lippen, das Feuer ließ sein Gesicht

glühen. Marek beschleunigt seinen Schritt und kurz vor ihm machte er Halt.
Anselm, Carly und Samu taten es Marek gleich, erst jetzt wusste Carly wer dort vor ihr stand.
„Marek?", fragte der schwarzhaarige, seine Stimme war leise, ja schon fast wie ein Flüstern. Marek umarmte ihn einfach: „Valentin", nuschelte er und drückte sich näher an seine Brust.

Kapitel 10: Familien Zusammenkunft

Valentin konnte kaum glauben dass er Marek dort vor sich sah, seine Hände zitterten und ihm lief kalter Schweiß über die Stirn: ,,Ich dachte du bist Tod", flüsterte er den Tränen nah. Seine Arme legte er um Marek und eine Paar Tränen flossen ihm die Wange runter.
,,Ich wäre fast gestorben doch Nils hat mich gerettet", erklärte der junge Mann mit den hellbraunen Haaren. Er legte seine Arme um seinen Bruder und ließ sich in seinen Armen fallen. Valentin strich ihm beruhigend über dem Kopf, er konnte kaum glauben das er seinen Bruder wieder bei sich hat. Nun schweiften seine Blicke zu der jungen Frau, eine rote Strähne schaute aus ihrer Kopfbedeckung: ,,Carly?", seine Augen weiteten sich. Carly nickte und ging nun auch auf ihn zu: ,,Ich bin froh dass wir dich gefunden haben", sprach sie ruhig und trotzdem den Tränen nah. Valentin zog sie einfach mit in seine Arme: ,,Ich hab dich auch vermisst Kleine." Nun ließ auch Carly sich in seinen Armen fallen. Samu und Anselm standen daneben, ein zufriedenes lächeln huschte über die Lippen von Anselm.

,,Wer sind eure Begleiter?", fragte Valentin und ging auf beide zu. Samu hielt ihm seine Hand hin: ,,Samu Prinz des Dorfes am Hofe." Valentin staunte nicht schlecht als er das hörte: ,,Sehr erfreut ich bin Valentin, aber das konntet Ihr Euch bestimmt schon denken."
,,Und mein Name ist Anselm, ich bin ein gewöhnlicher Söldner", stellte nun auch er sich vor. Valentin nickte verstehend: ,,Sehr erfreut, ich würde euch Alle gerne zu mir Einladen. Als Dank."

Marek und Carly stimmten sofort zu und auch die anderen Beiden waren froh über ein warmes Feuer.

„Lebst du alleine?", wollte Carly von ihrem älterem Bruder wissen. Dieser bestätigte dies mit einem Nicken: „Viele Frauen hatten sich mir schon angeboten, nur die Richtige war noch nicht dabei. Doch wo wir beim Thema sind, welcher ist denn deiner?", sein Blick wanderte zu Anselm, Samu. Carly wurde schlagartig rot: „Ähm Keiner."
Marek lachte über ihr Verhalten und deutete mit seinen Augen zu Anselm. Valentin nickte verstehen und musterte Anselm ganz genau. „Du hast früher auch für den alten König gearbeitet, oder?" Anselm hielt inne: „Wie dem alten König?"
„Wusstest du es noch gar nicht? Der König wurde getötet und sein jüngerer Sohn Molek wurde daraufhin der nächste", klärte Valentin die Missverständnisse.
„Samu! Du überlässt der Inkompetenz von deinem Bruder den Thron? Samu der Typ wird das Dorf ins Unglück stürzen!", fuhr Anselm ihn an, dieser konnte es kaum fassen.

„Als ich meinen Vater getötet habe, hatte ich meinen Bruder doch nicht auf dem Schirm! Ich wollte aus diesem Elend!", verteidigte sich Samu in der gleichen Lautstärke. Valentin schnappte sich Samu und Carly nahm sich Anselm an: „Wir bekommen das hin." Carly legte eine Hand an seine Wange, Anselm ließ sich in diese Berührung falle, irgendwie beruhigte es ihn. Valentin kam mit Samu wieder: „Wir haben beschlossen dass, wir zurückgehen und uns die Situation anschauen, dann entscheiden wir was gemacht werden muss", erklärte der älteste. Anselm

und Carly stimmten ihm zu und damit würde es wieder zurückgehen, diesmal ohne viele Vorfälle.
In dem Dorf ihrer aller Heimat angekommen bemerkte man eine trügerische Stille die sich über das Dorf gelegt hatte. Es liefen kaum noch Menschen draußen herum, auf dem hin Weg ist ihnen das gar nicht so aufgefallen.
,,Wir sollten weiter, nicht das wir doch noch auf Jemanden treffen", meinte Anselm und stellte sich schützend neben Carly. Samu nickte: ,,Lass und zum Schloss", entschlossen blickt er Richtung Hof, der Ort wo er groß geworden ist. Nun kommt er nach fast zwei Jahren wieder.
Die fünf Wanderer kamen am Tor an: ,,Wir wollen zum König", sprach Anselm in einem strengen Ton. ,,Und ihr glaubt ich lasse irgendwelche Dahergelaufenen zu unserem König?", fragte er Lachhaft. Samu trat nach vorne und zog seine Kopfbedeckung ab: ,,Dem Prinzen wirst du wohl kaum den Weg verwehren!", fauchte er gefährlich, die Wache ging zurück, er musste den Weg freimachen. Samu wäre der rechtmäßige Thronfolger gewesen, also hatte er zu gehorchen.
Samu ging voran und die andere folgten ihm: ,,Molek!", brüllte Samu ihm einfach entgegen, ohne groß darüber nachzudenken.
Die Augen von Molek wurden groß: ,,Was tust du denn hier?", seine Stimme wurde zittrig.

,,Das selbe könnte ich dich Fragen, der älteste Sohn der Königsfamilie wird der nächste! Soweit ich weis kamst du zwei Jahre nach mir", Samu trat ihm mit so einer Entschlossenheit entgegen die nicht mal Anselm von ihm kannte.
,,Du hast unseren Vater getötet! Also fällst du raus!", brüllte Molek zurück.

,,Das sehe ich aber anders, eure Vater hat Samu soweit getrieben", versuchte Carly ihn zu verteidigen.
,,Noch so eine Übernatürliche? Ihr seid hier nicht Willkommen", er wendete sich ab und deutete so an das die anderen gehen sollen.
,,Du kannst mich nicht aus meinem Eigentum rausschmeißen", merkte Samu an. Eine junge Frau betrat den Raum: ,,Du bist abgehauen und damit hast du alles abgetreten", sprach sie mit ihrer nervtötenden Stimme. Anselm stöhnte genervt auf: ,,Nein! Das meinst du doch nicht im ernst oder?" Carly blickte Anselm verwirrt an: ,,Was meinst du?" Dieser legte seinen Arm um Carly und flüsterte: ,,Das ist Alina, sie wollte zuerst was von Samu und nun ist sie mit Molek zusammen, sie will nur herrschen." Carly blickte zwischen Alina und Samu hin und her: ,,Nein unterstütze ich nicht", lachte sie. Anselm stimmte ihr mit ein Schmunzeln zu. Molek war immer noch der Auffassung das die Anderen gehen sollen und sich im besten Fall niemals wieder blicken lassen.
Samu tat ihm fürs erste diesen Gefallen und ging, nur mit den Worten: ,,Das ist noch lange nicht vorbei!" Es ging wieder zu dem Fährmann und auf sein Schiff, zusammen fuhren sie zur Insel der Übernatürlichen. Anselm war fasziniert von dieser schönen und ruhigen Umgebung, doch nicht nur er genoss es, auch Valentin war davon ganz angetan.

Ein kleines Mädchen kam ans Ufer gelaufen und winkte freudig als sie Carly und Samu erblickte. Luna rannte auf Carly zu und sprang ihr in die Arme: ,,Ich hab dich vermisst", nuschelte sie in Carly's rote Haare. ,,Ich dich auch meine Kleine", flüsterte Carly ihr zu und setzte sie wieder auf festen Boden. Luna brachte sie zurück zu Meister Krabat der gespannt wartete was seine

Schützlinge so erlebt haben. Trotz Verwunderung über die zwei neuen Gesichtern, begrüßte er sie alle Herzlich in seiner kleinen Holzhütte. Samu und Carly berichten von dem zusammentreffen mit Anselm, der Gutshof aus dem sie raus geworfen wurden, denn Zufall das sie direkt in der selben Nacht noch auf Valentin trafen und das sie dann zusammen zu Hofe gegangen sind wegen dem Bruder von Samu, der ja nun König war.
,,Und wir wollen ihn jetzt stürzen", endete Samu mit der Erzählung. ,,Da habt ihr aber noch einen ganz schönen Weg vor euch", meinte Krabat und wendete sich Marek zu: ,,Nikita geht es besser, sie hatte nach dir gefragt." Marek nickte und folgte ihm dann zu der eben genannte.
,,Okay wie stellen wir uns das ganze jetzt eigentlich vor?", fragte Valentin das offensichtlichste zu dem Vorhaben.
,,Der Plan wird der sein das wir kämpfen müssen", antwortete Samu und blickte Valentin entschlossen entgegen.
,,Samu, wenn ich da einwerfen darf, ein Kampf ist nicht immer von Nöten", sagte Amseln dazu.

Carly pflichtete ihm bei, was Samu natürlich nicht gefiel: ,,Ihr habt keine Ahnung wie mein Bruder ist!" Valentin stellte sich hinter Samu und legte seine Hände auf seine Schultern: ,,Carly?" Valentin war seiner Schwester einen Gewissen Blick zu und diese Verstand sofort: ,,Komm, wir gehen eben raus", sie nahm die Hand von dem Söldner und führte ihn nach draußen. Anselm stellte sich dann vor die Rothaarige: ,,Du weist dass Samu wahrscheinlich kämpfen muss?", besorgt legte er seine Hand auf ihr Wange.
,,Gut möglich, aber dann müssen wir mit! Samu zerstört sonst noch sich selbst", lachte Carly und

versuchte die Stimmung zu heben. Anselm schmunzelte etwas wurde aber wieder Ernst: „Pass bitte einfach auf", seine Augen bewunderten ihre feinen Gesichtszüge, mit dem Daumen strich er leicht über ihre Wange. Carly legte ihre Hände an seine Taille und schaute in seine Augen, bis hin zu seinen Lippen. Der Mond schien auf die beiden herab und plötzlich stellte sich Carly leicht auf ihre Zehenspitzen, sie legte ihre Lippen auf die seinigen. Ein Gefühl von Tausend Schmetterlinge durchzog ihren Körper. Anselm zog sie näher an sich ran, hob sie hoch und intensivierte den Kuss zwischen den beiden.

Ein Kuss beim Mondschein, der so viele Gefühle in den beiden hervorrief: „Ich liebe dich", flüsterte Anselm in den Kuss und auch Carly überkamen diese drei Worte mit den zwölf Buchstaben.
Am nächsten Morgen kamen Samu und Valentin dazu und erklärten wie sie nun weiter verfahren wollen: „Also wir werden versuchen mit Molek zu verhandeln, wenn das nichts bringt dann werden wir auf euch zurück greifen, soweit ich informiert bin, bist du ein Söldner der so gut wie alles hinbekommt", merkte Valentin an.
„Jawohl", bestätigte dieser dies.
„Perfekt, Carly du weist was zu tun ist wenn Plan A nicht Funktioniert?", richtete er sich an seine Schwester.
„Alles niederbrennen", grinste sie stolz. „Naja alles vielleicht nicht", grinste Samu. Damit ging es für die Vier wieder los, Marek blieb bei Nikita um dieser zu helfen. Anselm und Carly bildeten nun also das Team Notfall-Plan während Valentin und Samu das Team Verhandlungen bildeten. Am Hofe fing es dann auch direkt an lustig zu werden.

Molek hat mehrere Wachen vor seinem Eingang platziert, er hatte Angst um seinen Titel, genauso wie Alina.
„Jetzt muss ich dir nicht mehr gehorchen!", sprach die Wache, die schon beim letzten mal den Weg versperrt hatte. Samu ließ sich von seinem Schatten einnehmen, für Valentin war es das erste Mal das er dies sah. Wie ein Gott der Finsternis sah er nun aus. Die Wach wich nun doch einen Schritt zurück, sein Leben wollte er nun nicht opfern. Anselm und Valentin zückten ihre Schwerter während Carly ihre feurige Aura zum Vorschein brachte. Valentin und Anselm standen direkt hinter den beiden Übernatürlichen. Molek beobachtete das ganze aus sicherer Entfernung, er war wütend und enttäuscht von seinen Wachen. Diese gingen nämlich zurück und ließen die Vier einfach rein spazieren.
„Molek! Wir müssen reden!", brüllte Samu in den Thronsaal, doch Molek war nicht zugegen.

„Feigling!", fügte Anselm hinzu, der den Bruder von Samu noch mehr verabscheut als Samu selbst. Plötzlich hörten sie Schritte von links: „Ihr habt es also wieder rein geschafft! Doch so schnell geben wir nicht auf", ertönte die Stimme von Alina. Ihre Haare gelb wie die Sonne und gekleidet wie eine Prinzessin, dass ist das Leben was sie immer führen wollte. Die Wache von draußen kamen rein, so schnell und plötzlich dass Niemand es so wirklich bemerkte. Man steckt die Vier in den Kerker, wegen
eines Aufstand gegen den König und seine Gemahlin. So hatte sich die Vier das nicht vorgestellt.

Kapitel 11: Ausbruch

Die kalten Wände der Zelle waren drückend, keiner hatte gedacht dass Molek die Vier in den Kerker werfen würde. Carly lief in dieser Zelle auf und ab: „So hatte ich mir das nicht vorgestellt", murmelte Valentin. So hatte sich das Niemand vorgestellt. Samu überlegte, er hatte hier fast sein ganzes Leben hier verbracht, irgendwas muss ihm doch im Kopf geblieben sein, was nun helfen kann.
Plötzlich schnipste Anselm: „Samu die Schlüssel hängen immer fast direkt neben der Tür. Wir brauchen nur einen längeren Gegenstand."
„Oder einen Schatten der greifen kann! So bin ich früher immer entkommen", freute sich Samu, da hat im seine etwas andere Kindheit ja doch was gutes mit sich gebracht. Samu ließ seinen rauchigen Schatten aus seinen Händen kommen. Er leitete seinen Schatten langsam zur Tür des Kerker und fuhr mit seinem Schatten durch den Blei-Ring an dem der Schlüssel befestigt war. Vorsichtig und langsam versuchte er den Schlüssel zu sich zu holen. Der Schlüssel flog grade so über dem Boden, umhüllt von dem schwarzen Rauch, der aus Samu's Händen glitt. Der Schlüssel war fast in Reichweite doch Alina stürzte in dem Moment rein und unterbrach das tun von Samu.
„Na wer will denn hier abhauen? Vergesst es! Ihr kommt hier nicht raus", lachte sie gehässig und nahm den Schlüssel mit: „Samu dein Bruder kennt leider zu gut", war das letzte dass sie sagte, bevor sie den Raum verließ.

Samu ließ sich neben Valentin auf den Boden sinken, er verzweifelte an dem ganzen: „Das kann doch nicht möglich sein! Wie kann sie genau in dem Moment kommen", regte er sich auf und ließ seinen Kopf auf die Schulter von Carlys Bruder fallen. Dieser schmunzelte leicht und lehnte seinen Kopf gegen dem von Samu: „Wir finden schon einen Weg", versicherte er und fing wieder an zu überlegen. Carly setzte sich zwischen die Beine von Anselm, dieser legte seine Arme um sie: „Wie kommen wir hier bloß raus?", murmelte Carly vor sich hin und schloss für einen Moment ihre Augen. Plötzlich stand sie wieder auf, sie tat dies so schnell dass, Anselm sich erschreckte: „Was ist los?", wollte dieser wissen und blickte sie Perplex an. „Aus welchen Material bestehen die Gitter?", sie reagierte nicht mal auf die Frage von Anselm. Samu blickte sie nun auch verwirrt an: „Aus Stahl, warum?" Carly grinste zufrieden, genau das wollte sie hören. In ihrer Kindheit hatte sie schon öfters Stahl geschmolzen, sie hoffte das sie dies nun auch schaffen kann.

Direkt vor die Gitter setzte sie sich hin und ließ ihre Hände brennen, damit umfasste sie die Gitter und innerhalb weniger Momente waren sie in ihrer Hand geschmolzen, sie blickte zu den anderen: „Mach weiter!", ermutigte Samu sie und somit waren bald keine Gitter mehr über. „Das war der Hammer", sprach Anselm und gab ihr einen Kuss auf die Stirn, Carly legte ihre Arme wieder um ihn und ließ ihren Kopf auf seiner Brust ruhen.

„Dann los! Wir werden Molek zeigen mit wem er es zu tun hat!", sprach Samu und wollte direkt los, doch Carly hielt ihn fest: „Lass mich los!" fauchte Samu doch Carly schüttelte den Kopf: „Wir schaffen das nicht alleine, heute werden wir nur fliehen, an einem anderem Tag kommen wir wieder und werden den Sieg holen", sprach sie und lockerte den Griff um Samu's Arm. Der Schatten Meister sah sie an: ,,Ich will ihn jetzt besiegen! Ich will jetzt den Sieg!", sprach er fest entschlossen. Valentin legte eine Hand auf seine Schulter: ,,Heute nicht, an einem anderem Tag der uns mehr Erfolg versprechen wird", meinte er zu Samu.

Dieser gab dann schmollend ruhe, doch nun stand eine weitere Prüfung für die Vier vor der Tür. Wie kommen sie unbemerkt aus dem Schloss? Das wird bestimmt nicht so einfach wie reinkommen, da sind sie sich ganz Sicher. Anselm hatte einen weitern Einfall: ,,Die Fenster, sie haben auch Stahlgitter", er zeigte in die Richtung, ein kleiner Sonnenstrahl schien ihnen entgegen. Carly ging auf das Fenster zu und Anselm hob sie an der Hüfte hoch damit sie an die Gitterstäbe ankommt, Carly durchströmte ein kribbelndes Gefühl, ein leichter rot Schimmer legte sich auf ihre Wangen. Ihre Hände griffen zu den Gitterstäben, ihre Feuerkraft ließ diese in wenigen Momenten schmelzen: ,,Zieh dich hoch", meinte Anselm und drückte sie hoch. Danach drückte Samu ihn hoch und Valentin half Samu hoch: ,,Gib mir deine Hand!", sprach Samu und zog Valentin hoch. Nun hatten die Vier also ihre Freiheit wieder, doch allzu lange sollten sie diese nicht genießen, denn wenn die Andern dahinter kommen, dass sie nicht mehr hinter Gittern sind, wird bestimmt nach ihnen gesucht.

,,Okay kommt.", murmelte Carly und schlich voran, Samu wirkte immer noch etwas genervt und unzufrieden, doch Valentin hob seine Stimme nur durch seine bloße Anwesenheit. Carly lief in die Richtung eines Dorfes das ihr irgendwie bekannt vorkam. Dort sah sie einen Mann der über den kompletten Platz Brüllte: ,,Äpfel! Birnen! Weizen! Und Sklaven!" Bei dem letzten Wort wurden die Übernatürlichen hellhörig: ,,Nachschauen?" fragte Samu und Carly bestätigte dies mit einem Nicken. Anselm blieb hinter Carly während Valentin dies bei Samu tat.

Carly war die erste die IHN sah, seine Harre genauso Rubinrot wie die ihrigen, seine Augen strahlten die gleiche Traurigkeit und Verletzlichkeit aus wie ihre damals, als sie an seiner Stelle stand. Anselm legte seine Hand auf ihre Schulter: ,,Was möchtest du tun?", fragte er sie und mustert den Jungen der dort stand, er war vielleicht Zehn oder Elf und wurde hier verkauft. Grausam ist so etwas!
Samu war auch nicht begeistert von dem Anblick, er biss die Zähne zusammen: ,,Wir müssen ihm helfen." Carly nickte: ,,Nur wie?", wollte sie dann von ihren Begleitern wissen, doch keiner konnte so wirklich eine Antwort geben.

,,Wie wäre es wenn wir ihn einfach los machen und mitnehmen?", schlug Valentin vor, doch dieser Gedanke wurde direkt wieder verworfen: ,,Die Frau passt auf und mitten am Tag irgendwas oder eher wen zu stehlen, würde ganz schon viel Aufmerksamkeit auf uns ziehen, doch wir können ihnen bis Nachhause folgen und ihn dann befreien", schlug Samu dann im gleichen Atemzug vor. Die Idee war gut, doch warum war Samu sich so Sicher, dass er heute nicht verkauft werden wird?

Kapitel 12: Mein Bruder

Carly, Samu, Anselm und Valentin warteten bis die Leute ihre Stände vom Marktplatz räumten und folgten dann den Verkäufern von dem Sklaven, Samu hatte tatsächlich Recht behalten, er wurde nicht verkauft: ,,Woher wusstest du das?", wollte nun auch Carly von ihm wissen und fügte hinzu: ,,Ich wurde direkt am ersten Tag verkauft", sie musterte Samu.
,,Du bist eine Frau und deswegen..", bevor Samu den Satz beenden konnte. Unterbrach Anselm ihn: ,,Wenn du das jetzt sagst, hast du ein Problem!" drohte er Gefährlich. Samu zuckte mit den Schulter, es war leider die Wahrheit, weibliche Sklaven werden eher genommen als männliche, da man diese nicht nur für die häuslichen Arbeiten gebrauchen kann, doch Anselm wollte das nicht hören, geschweige denn dass Carly so etwas ertragen muss!

,,Ich kenne das Haus", murmelte Carly betroffen, Anselm sah sie fragend an doch bekam von Carly keine Reaktion. Sie schlich sich hinter das Haus und öffnete eine kleine Klappe im Boden: ,,Man kann sie nur von außen öffnen", erklärte Carly und schlüpfte hinein, ein bekannter modriger Geruch stieg ihr in die Nase, die Kälte dieses Kellers kannte sie. Ein kleines Feuer war das einzige das den Raum erhellte und somit in ein schönes rot tauchte. Vor dem Feuer saß der Junge und Tränen liefen ihm die Wange runter.

Carly setzte sich neben ihn: ,,Hey alles gut", sprach sie mit ruhiger Stimme. Der Junge wich zurück: ,,Wer seid ihr? Wie seid ihr reingekommen?", nervös fuchtelte er mit seinen Händen. Samu hockte sich neben Carly:

,,Wir sind wie du", fing er an: ,,Ich wurde von Walburga und Noah verkauft, genauso wie du es werden sollst", endete Carly. ,,Ich glaub euch kein Wort! Ihr seid böse!", quietschte er ängstlich. Carly wollte grade was erwidern als die Kellertür aufging, Walburga trat in den Keller und blickte sich um, ihre Augen weiteten sich, aber nicht wegen der Männer die mit Schwertern vor ihr standen, nein, sie machte große Augen wegen der rothaarigen Frau: ,,Carly?", fragte sie total geschockt.

Carly stellte sich auf: ,,Mutter eine Freude dich wiederzusehen", sagte sie monoton, als Walburga einen Schritt auf sie zu machen wollte stellte sich Anselm ihr in den Weg: ,,Wag es dir!", seine Waffe drückte sich wie von selbst in ihre Richtung. Samu stellte sich dazu: ,,Sie verkaufen Ihre, eigenen Kinder!", seine Stimme verriet das ihm nicht zu Scherzen waren. Nur Valentin blieb entspannt: ,,Lasst Carly dies alleine klären, das ist ihr Kampf", sprach er ruhig. Anselm blieb an Ort und Stelle, sein Schwert sank nur etwas weiter zu Boden, Samu hingegen drehte sich zu Valentin: ,,Sie wollte Carly töten!", fauchte er feindselig. Valentin sah ihn an: ,,Wenn sie uns um Hilfe bittet, dann greifen wir ein", seine ruhig Stimme, ließ Samu durchatmen. Walburga musterte Carly: ,,Du bist eine Wunderschöne junge Frau geworden", meinte sie und machte einen weiteren Schritt auf sie zu. Anselm zog Carly ein weiteres Stück hinter sich. Valentin beobachtet das ganze, sagte aber nichts. Die Kellertür öffnet sich ein weiteres Mal, nur diesmal kam Noah rein: ,,Carly?", fragte auch er wie vom Donner gerührt.
Carly nickte ein weiteres Mal: ,,Vater, auch eine Freude dich wiederzusehen", sprach sie sarkastisch, wie auch schon bei ihrer Mutter zuvor. Noah ging auch auf sie zu: ,,Carly lass dich ansehen, du bist groß geworden", er

öffnete seine Arme, dies sollte andeuten dass er sie in den Arm nehmen wollte. Bei einer normalen Familiengeschichte vielleicht angebracht, doch in dieser Situation nicht wirklich. Dieser Ansicht war auch Anselm, denn dieser hielt Noah seine Klinge an den Hals: ,,Fass sie nicht an!", noch nie hatte Carly Anselm so gesehen, der sonst so ruhige Typ war plötzlich voller Wut. Sie berührte seiner Hände und drückte das Schwert damit runter: ,,Beruhige dich", flüsterte sie ihm zu. Der Junge mit den roten Haaren meldete sich nun auch wieder zu Wort: ,,Ist das Wahr? Ist sie eure Tochter?", fragte er mit weiteren Tränen in den Augen. Walburga nickte und Noah tat es ihr gleich. Anselm blickte Beide vernichtend an: ,,Eltern? Das sind keine Eltern! Eltern verkaufen ihre Kinder nicht!", fauchte er erneut.

,,Carly.. es tut uns leid, wie waren überfordert mit der Situation", versuchte Noah sich erklären, doch sie glaubte ihm kein Wort: ,,Ihr WART überfordert? Was ist mit ihm? Ihr wolltet ihn auch Verkaufen!", nun wurde auch ihre Stimme etwas lauter, sie hatte die Lügen satt. Noah wurde ernster: ,,Weil ihr Monster seid!", sprach er. Keine Sekunde später haute ein Schatten ihn um und zog ihn zu Samu: ,,Wie hast du meine Beste Freundin grade genannt?" Der Körper von Noah wurde von dem Schatten umhüllt, mit dem Schatten, den er genutzt hatte um Noah zu sich zu ziehen. Seine Augen wurden tief schwarz und gerade rechtzeitig konnte Valentin ihn von Noah wegziehen, bevor schlimmeres passierte.

Noah schaute ihn an und krabbelte zu seiner Frau: ,,Dass ist das was ich sagte! Sie sind Monster!", brüllte Walburga. Der kleine Junge stand daneben und wusste nicht was er sagen oder gar tun sollte. Carly ging nun auf ihre Eltern zu: ,,Wir werden euch nichts tun, aber..", sie kam nicht mal dazu ihre Bedingung zu stellen. Denn Noah unterbrach sie sogleich auch wieder: ,,Aber? Wir sind dir gar nichts Schuldig!", schrie er wieder, daran sah man wie Schwach er in dem Moment war.

Anselm und Valentin erhoben ihre Schwerter wieder, während Samu sich weiter in seinen Schatten hüllte: ,,Ich würde ihr zuhören, sonst wird es gleich ungemütlich", drohte Valentin ruhig und gelassen. Also willigten die Beiden ein ihrer Tochter zuzuhören: ,,Der Junge darf mit uns kommen wenn er will", ihr Autorität wurde mit diesem Satz ganz klar. Nur für Noah immer noch kein Grund dem zuzustimmen: ,,Nein! Der bringt Geld!", brüllte Noah dazwischen, doch Anselm unterband das ganze relativ schnell wieder: ,,Das war keine Frage! Entweder ich töte euch und wir nehmen ihn mit oder ihr lasst ihn freiwillig entscheiden."

Noah und Walburga hatten keine andere Wahl als dem zuzustimmen, wie denn auch? Da standen zwei Übernatürliche vor ihnen und zwei Söldner mit Schwertern, nicht gerade die besten Aussichten. Der Junge blickte zu seinen Eltern und dann zu Carly, sie ist wie er. Das wusste er nun, dazu kommt dass sie so viele Menschen um sich hat, die sie mochten! Der eine hatte sie vorhin "Beste Freundin" genannt und das wollte der Junge auch haben, also war seine Entscheidung klar.

Noah sah seinen Sohn eindringlich an, doch Carly sprang direkt dazwischen: ,,Wenn du mit mir kommst, dann kann er dir nie wieder etwas tun, Keiner! Wir werden dich beschützen! Es gibt mehr von Leuten wie uns, wir kümmern uns, um einander", versicherte sie ihm. Der Junge mit dem Rubinroten Haar nickte: „Ich komm mit dir", sprach er und ging auf sie zu, er nahm sie in den Arm. Noah wollte auf seinen Sohn zu gehen: „Bist du Bescheuert!", brüllte er wütend, doch Anselm schob ihn mit seinem Schwert zurück: „Vorsichtig! Mir juckt es in den Finger deinen Kopf über meinen Kamin zu hängen, zwing mich nicht dazu dies in die Tat umzusetzen", drohte Anselm ihm, wieder wich Noah zurück, mit Anselm wollte er sich nicht anlegen. „Lasst uns gehen", sprach Samu und ging einfach die Kellertreppe hoch, gefolgt von Carly, Anselm, Valentin und dem Jungen. Sie wollten grade durch die Tür gehen als Noah hinterer kam: „Ihr werdet gleich sehen was ihr davon habt", grinste er und seine Frau Walburga fing an zu brüllen: „Hilfe! Sie rauben uns aus! Hilfe!", sie leben in einem relativ kleinem Dorf, das bedeutet, in wenigen Augenblicken stand das komplette Dorf vor ihnen. Viele fingen an zu tuscheln.

„Gibt das Kind zurück!", riefen ein Paar und holten ihre Waffen raus. Anselm schaute zu Valentin: „Was machen wir jetzt?", fragte er. Anselm zuckte mit den Schulter: „Ich glaube das wird ein bisschen kritisch", er biss die Zähne zusammen. Doch plötzlich meldete sich der Junge zu Wort: „Ich könnte vielleicht helfen." Anselm sah ihn kritisch an, was hat er wohl vor? Carly nickte ihm einfach zu: „Ich bitte dich darum", sprach sie und trat einen schritt hinter ihn. Der Junge sah die Anderen an: „Stellt euch hinter mich", er deutet zu Carly. Die Männer waren zwar skeptisch doch taten was ihnen befohlen wurde. Der Junge setzte sich im Schneidersitz auf den Boden, seine Hände legte er aneinander, seine Ellenbogen auf seinen Beinen abgestützt. Samu betrachtet das ganze eher belustigt, letztes Gebet vor dem Tod. Das Lachen sollte Samu aber noch vergehen, denn als der Junge seine Augen schloss baute sich das Feuer um ihn herum auf, wie die Lava in einem Vulkan brodelte das Feuer um ihm herum, in innerhalb weniger Augenblicke war seine Kraft von Null auf Hundert.

Er öffnete seine Augen wieder und als er das tat schoss das Feuer direkt nach Vorne und verletzte damit nicht nur die Dorfbewohner sondern brannte damit auch ein paar Häuser nieder. Diese Kraft in seinem Feuer war enorm, damit hatte keiner gerechnet. ,,Und Jetzt?", fragte der Junge so schüchtern und Unschuldig wie er vorher war. ,,Lauf!", sagte Samu etwas lauter und rannte los als die anderen wieder Aufstanden und damit rannten auch die anderen los, ab in den Wald und ja weg. Die Fünf kamen mitten im Wald zum stehen, ihre Lungen brannten vom ganzen rennen und brauchten eine kurze Pause. ,,So schnell bin ich nicht mehr seid den Wölfen gerannt", lachte Valentin und auch Anselm stieg mit ein: ,,Und ich nicht mehr seid den Bären", Carly ließ sich an einem Baum nieder und blickte zu dem Jungen, diese verstand sofort und setzte sich neben sie: ,,Ich wollte mich noch mal für deine Hilfe bedanken, dabei kenne ich noch nicht mal deinen Namen", merkte Carly an. Der Junge nickte: ,,Ich bin Adrian."

,,Adrian, es freut uns dich kennenzulernen", lächelte Valentin und klopfte ihm auf die Schulter. Adrian lächelte glücklich, er fühlte sich endlich so als wäre es zuhause, und ja das war er denn Zuhause war immer das wo Familie ist. Diese kleine Gruppe war in den letzten Jahren wirklich wie eine Familie zusammengewachsen. Nun ist auch Adrian ein Teil davon, er kann lernen seine Kräfte auszubauen, er kann sich Sicher fühlen und wird spüren was Familie bedeutet. Anselm setzte sich neben Carly und legte seine Arme um ihre Taille, Carly lehnte sich an ihn und schloss ihre Augen, hier fühlt sie sich am besten. Adrian blickte die Beiden irritiert an: „Anselm und Carly mögen sich etwas mehr", erklärte Valentin und schaute auch zu ihnen rüber. Adrian nickte verstehen und schaute sich um: „Wo wollen wir die Nacht verbringen?", fragte er.

Carly öffnete ihre Augen, hier in mitten des Waldes sollten sie dies wohl wirklich nicht tun, also schlug sie vor: „Lasst und die Höhle nehmen an der wir eben vorbei gerannt sind", alle Beteiligten waren damit einverstanden also gingen sie zurück zu dieser Höhle und bauten dort ein kleines Lager auf. Samu legte einen Schatten über den Eingang so dass Keiner sie sehen konnte oder auf die gleiche Idee kommt, Carly kümmerte sich um das Feuer während Anselm und Valentin ein Paar Decken und Kissen ausbreiteten. Adrian wusste nicht wirklich wie er sich bewegen soll, er wusste nicht wie er sich verhalten kann ohne aufzufallen, doch das machte das ganze noch auffälliger, Carly ging auf ihn zu: „Setz dich einfach, fühl dich wie zuhause", lächelte sie und nahm ihn mit zu dem Feuer. Er setzte sich zwischen Valentin und Carly, er lauschte den Gesprächen die, die Anderen führten und versuchte sich wirklich wie zuhause zu fühlen, doch ein Mensch der nie ein Zuhause hatte weis nicht wie man sich fühlen kann wenn man ein Zuhause hat.

„Was glaubst du macht Marek wohl grade?", fragte Valentin als er sich nach hinten lehnte. Carly legte ihren Kopf auf Anselm seine Beine und antworte: „Höchstwahrscheinlich mit Nikita Training machen oder mit ihr Kräuter sammeln oder mit ihr reden", lachte sie leicht. Samu blickte auf: „Seit ihr der Meinung die Beiden haben was miteinander?" Carly nickte: „Dass Marek mehr für sie empfindet sieht man von weitem." Samu lehnte sich nun auch zurück: „Magst wohl recht haben", gähnte er und schloss seine Augen. Die Fünf merkten dass sie so langsam Müde wurden und legten sich in die provisorischen Betten, Carly und Anselm teilten sich eines, natürlich damit Adrian ein Bett hat. Valentin und Samu konnten sie diese Geschichte nicht erzählen und auch Adrian hatte Probleme das so zu glauben, aber dass ist jetzt erst mal egal, endlich konnten sie entspannt schlafen und das hatte sich Jeder von ihnen verdient.

Kapitel 14: Ein glückliches Ende

Der Morgen startete für Adrian ziemlich früh, er ist mit den ersten Sonnenstrahlen wach geworden. Sein Blick schweifte über die schlafenden Körper der Anderen. Er sah dass Samu zu Valentin rüber robbte und sich zu ihm unter die Decke legte. Anselm lag auf Carly's Brust und hatte seine Hände an ihrer Taille, die Beiden wirkten in dem Moment, wie das perfekte Paar. Leise flüsterte Anselm: „Wollen wir zum See und uns etwas abkühlen?", und Carly nickte. Anselm kniete sich zwischen ihre Beine umfasste ihre Hüfte mit seinen Händen, daran hob er sie hoch und Carly legte ihre Beine um seine Taille. Wieder vereinten sie ihre Lippen und küssend verließen sie die Höhle. Adrian drehte seinen Kopf wieder zu Samu und Valentin, dieser hatte bereits seinen Arm um Samu gelegt und gab ihm damit mehr Sicherheit.

Als Anselm und Carly lachend zurückkamen, packten Samu und Valentin die Sachen zusammen, heute sollte es weiter zur Insel der Übernatürlichen gehen, auf dem Weg dahin passierte diesmal nichts weiter, zum Glück. Anselm und Carly versuchten sich etwas aus zu denken wie sie Molek los werden können. Samu versuchte auch ein paar Ideen in das Gespräch mit einzuwerfen, diese bestanden aber hauptsächlich daraus, ihn anzubrennen oder in dem Schatten verkommen zu lassen. Dies war aber keine Option für Carly, obwohl Anselm öfters zustimmen wollte.

Adrian schaute öfters zwischen den Drein hin und her, er verstand weder wer Molek ist noch wer Alina sein soll, er traute sich aber auch nicht zu fragen, auffallen ist wohl keine gute Idee. Valentin setzte sich neben ihn: „Es geht um Samu seinen Bruder, er lässt das Königreich verkommen und unterjocht es nur als das er es regiert", erklärte Valentin. Der Junge mit den roten Haaren lehnte seinen Kopf gegen Valentin, er fühlte sich in seiner nähe wohl.

Samu blickte vernichten zu Adrian, warum konnte sich dieser nicht erklären, Samu mag ihn offensichtlich nicht, warum konnte er sich nicht erklären. Carly und Anselm versuchten sich weiter einen Plan zusammen zu reimen und plötzlich kam die zündende Idee von Carly: „Adrian!", rief sie aus und klatschte in die Hände, Samu erschreckte sich und kreischte wie ein kleines Mädchen auf. „Beruhige dich!", fuhr Anselm ihn an und blickte wieder zu Carly. „Du hast einen Plan? Lass hören", er legte seinen Arm um sie und sah Carly fragend an. Diese grinste in sich: „Adrian hat die Fähigkeit sein Feuer in einer Art Schutz-Wall auszubreiten, deswegen können wir die Wachen mit einem Mal platt machen", Carly stand auf und drehte sich einmal in der Runde: „So können Samu und ich uns um Alina und Molek kümmern, damit wären wir einen Schritt weiter", erklärte sie freudig.

„Das hört sich gut an, nur die Frage wo sind Valentin und ich bei diesem Plan?", warf Anselm ein, als würde er dies Carly alleine machen lassen.
„Ihr werdet bei Adrian bleiben, ich lass das, meinen kleinen Bruder doch nicht alleine machen", lächelte sie und lief weiter auf und ab, sie hatte manchmal echt gute Einfälle. Anselm sah sie an: „Hört sich ganz gut an, aber was ist wenn Molek stärker ist als du denkst?", warf er ein und legte seine Arme wieder um sie. Carly winkte ab: „Wir sind zwei Übernatürliche gegen einen

Typen, was soll da groß passieren", erklärte sie und versuchte nun ihren Plan selbst etwas mehr auszuschmücken und sich vorzustellen wie das Ganze wohl ablaufen wird.

Valentin legte sich zusammen mit Adrian im Arm hin, dieser schloss genüsslich seine Augen. Samu blickte wieder vernichtend rüber und kuschelte sich zu Anselm: ,,Ich mag ihn nicht", murmelte er beleidigt. ,,Wen? Adrian? Er tut doch nichts?", gab Anselm zurück und tätschelte seinen Kopf. Samu schmollte weiter: ,,Er ist bei Valentin!", murrte er unzufrieden weiter. Anselm musste sich ein schmunzeln verkneifen: ,,Du magst Valentin?" Samu nickte und sprach: ,,Er ist einfach besonders und dann kommt so ein Junge und nimmt mir das", schmollte er weiter. ,,Du sagst es, da kommt ein Junge, ein Kind! Valentin hat eher Väterliche Gefühle für ihn oder wie ein großer Bruder da Carly für ihn wie eine Schwester ist und mehr ist da nicht", erklärte Anselm und sah Samu direkt in die Augen.

,,Meinst du dass er mich auch mögen könnte? Ich meine Valentin?", wollte Samu von Anselm wissen, doch dieser zuckte nur mit den Schultern: ,,Du musst ihn schon selbst fragen, dann kannst du es herausfinden", und damit legte er auch er sich zu Carly um etwas zu schlafen, am nächsten Tag soll es ja schon wieder zum Schloss gehen soll, dann würde Molek endlich das bekommen was er verdient, ohne Rücksicht auf Verluste. Samu legte sich auch hin um etwas schlaf zu bekommen, nur leider bekam er diesen nur bedingt. Ihm ging die Situation mit Valentin durch den Kopf, wie sieht er das ganze? Ist es was Ernstes oder doch nur Freundschaft? Diese Fragen flogen durch Samu seine Gedanken und keiner wollte ihm diese beantworten.

Carly, Samu und Adrian sind ganz vorne an der Spitze während Anselm und Valentin sich erst mal im Hintergrund hielten, natürlich waren die Wachen schon weiter außen platziert worden. Damit hatte Carly aber auch schon gerechnet, Adrian aktivierte seine Feuerkraft und sorgte dafür dass die ersten Wache aufgaben, wer legte sich freiwillig mit dem Feuer an. Die Fünf konnten weiter voran und natürlich warteten an den Toren schon weitere Wachen und wollten ihnen den Eingang verwehren. Nun würde es also richtig losgehen, Adrian setzte sich wieder auf den Boden, in der Zeit wo er seine Kräfte sammelte, kümmerten sich Anselm und Valentin darum dass dem Kleinen nichts passierte.

Carly und Samu schlichen sich um die Mauern, sie hatten ja bereits einen Eingang für sich gesichert, die Gitter waren immer noch geschmolzen und durch diesen Eingang drangen sie ins Schloss, ohne dass sie an den Wachen vorbei mussten. Langsam und leise sprangen sie in die Kerker und schlichen dann durchs Schloss bis zu dem Thron-Saal, im Palast waren keine weiteren Wachen zu sehen, denn diese waren alle draußen verteilt.
Also hatten Samu und Carly ein leichtes Spiel:
,,Molek!", brüllte Samu ihm wütend entgegen. Molek quietschte wie ein kleines Mädchen: ,,Was macht ihr denn hier?" Carly grinste gehässig: ,,Man muss nur wissen wie es geht und nun stell dich!", sie machte einen Schritt auf ihn zu. Samu drückte sie aber zurück: ,,Ich mach das, es ist mein Bruder!", und schon legte sich sein Schatten um ihn, dieser rauchige Schatten war diesmal anders, er war stärker und um einiges Gefährlicher als sonst.

Samu schob Carly hinter sich und sah seinem Bruder direkt in die Augen: „Ich konnte dich nie leiden, nun habe ich endlich einen Grund dazu um das zu tun, was ich immer wollte, dich aus dem Leben nehmen."
Carly war schockiert, wie konnte Samu so was sagen: „Samu bitte", versuchte sie ihn zu überreden doch Samu schob sie zur Seite: „Nein Carly, er ist einer der Menschen die es verdient haben zu sterben", er richtete seinen Blick wieder zu Molek. Beide starrten sich in den Boden und wollten den Tod des anderen: „Dann komm Samu, tun wir es zusammen", er rannte auf Samu zu und zog sein Schwert um es ihm entgegen zu halten, doch damit womit er nicht gerechnet hatte war, der Schatten von Samu war wie ein Schild, es schützte ihn und er konnte trotzdem einen Konter-Angriff starten. Der Schatten von Samu traf direkt auf Molek seine Brust, wie von selbst durchbohrte er die Brust und damit auch sein Herz. Er fiel in sich zusammen in dem Moment, wo Alina den Saal betrat, sie lief einfach davon und versteckte sich, keine Spur von Trauer zu sehen, nur die Wut und Angst war klar zu erkennen.

Carly und Samu traten aus dem Haupttor des Schlosses, sie hoben ihre Hände: „Nun wird es einen neuen König geben! Ich werde euch führen wie mein Vater", versprach Samu im gleichen Atemzug. Die Wachen wussten nicht was sie sagen sollten, während Nils plötzlich unter ihnen auftauchte: „Samu war nicht Tod, er lebt! Molek hat uns belogen, Samu ist der rechtmäßige König!", und nun schauten auch die anderen Dorfbewohner auf. Die Meisten waren schockiert Samu zu sehen, denn nur die Wenigsten wussten dass der König einen zweiten Sohn hatte der auch noch der Erstgeborene war, ein lauter Applaus hallte durch das Dorf und eine Erleichterung breitete sich ebenfalls aus.

Valentin lächelte Samu aufmunternd zu und plötzlich packte Samu der Mut, er ging auf Valentin zu und nahm ihn in den Arm: „Ich mag dich", presste er zwischen seinen Lippen hervor und plötzlich wurde sein Kinn erhoben: „Ich dich doch auch", flüsterte Valentin und nach wenigen Sekunden hatte er zwei warme weiche Lippen auf den seinigen. Er erwiderte den Kuss und zog Samu etwas näher zu sich, es war ihm in dem Moment egal was die anderen denken oder sagen. Carly und Anselm grinsten den Beiden zu: „Schon süß oder?", flüsterte Anselm was Carly nur bestätige konnte. Aber was genau passiert jetzt? Wie wird das ganze weiterlaufen?
Valentin würde bei Samu im Schloss bleiben und kümmerte sich mit um das Dorf, dies machten die Beiden super. Carly und Anselm brachten Adrian zu der Insel der Übernatürlichen und dort wurde er von Meister Krabat herzlich empfangen.
Luna und Adrian verstanden sich super, die Beiden waren ja schließlich ein Alter. Und was war mit Carly und Anselm? Nun ja, die Beiden machten sich auf Reisen, sie besuchten die verschiedensten Orte und natürlich vergaßen sie nicht zwischendurch im Schloss nach Samu und Valentin zu sehen, aber auch auf der Insel der Übernatürlichen waren sie gern zu Besuch. Die Beiden waren mal hier und mal dort, doch dies ändert sich als Carly ihr erstes Kind bekam, ab dem Zeitpunkt setzten sich Carly und Anselm nieder, auf der Insel der Übernatürlichen.

Nachwort

Nun kommen wir zu den letzten Worten meinerseits:

Ich hoffe sehr, ich konnte euch mit meiner Geschichte erreichen und sie hat euch gefesselt. Es interessiert mich zu erfahren wie ihr euch bei meiner Geschichte gefühlt habt. Ich persönlich muss sagen dass ich in kleinen Momenten meine Emotionen einfach rein schmeißen musste, weil es in dem Moment einfach gepasst hat. Welche Charaktere waren euer Lieblinge und welcher war der Unbeliebteste. Also für mich war definitiv Anselm, meine Nummer Eins und Walburga, der Charakter, den ich am wenigsten mochte, aber wie war es bei euch?
So, ich würde sagen, ich habe euch genug erzählt und damit noch eine wunderschöne Zeit

Eure *Loretta Prinz*

Danke

Milton Keynes UK
Ingram Content Group UK Ltd.
UKHW020048181024
449757UK00011B/567

9 783710 358821